um cheiro de amor

Maria Christina Lins do Rego Veras

um cheiro de amor

1ª edição

Rio de Janeiro, 2017

CIP-BRASIL. CATALOGAÇÃO NA PUBLICAÇÃO
SINDICATO NACIONAL DOS EDITORES DE LIVROS, RJ

V584c   Veras, Maria Christina Lins do Rego
          Um cheiro de amor / Maria Christina Lins do Rego Veras. –
          1ª ed. – Rio de Janeiro: José Olympio, 2017.

          ISBN: 978-85-03-01338-3

          1. Conto brasileiro. I. Título.

17-44176

CDD: 869.3
CDU: 821.134.3(81)-3

Copyright © Maria Christina Lins do Rego Veras, 2017

Este livro foi revisado segundo o novo Acordo Ortográfico da Língua Portuguesa.

Todos os direitos reservados. Proibida a reprodução, armazenamento
ou transmissão de partes deste livro, através de quaisquer meios,
sem prévia autorização por escrito.

Reservam-se os direitos desta edição à
EDITORA JOSÉ OLYMPIO LTDA.
Rua Argentina, 171 – 3º andar – São Cristóvão
20921-380 – Rio de Janeiro, RJ
Tel.: (21) 2585-2000

Seja um leitor preferencial Record.
Cadastre-se em www.record.com.br e receba
informações sobre nossos lançamentos e promoções.

ISBN 978-85-03-01338-3

Impresso no Brasil
2017

Dedico meu livro à minha prima Alba, que realizou o sonho da minha vida restaurando o Engenho Corredor, onde meu pai nasceu.

Sumário

O elevador não chegava	9
Paraty	11
Um cheiro de amor	25
Francisco	41
A surfista	43
A governanta	47
Maria	55
Afonso	63
As aparências enganam	67
Silvia e Sergio	71
A moça do vestido azul	73
A fila	77
Barcelona	81
Atrás das montanhas	97
Norato	101
A ideia do Astro maior	103
Sirmione	107

O elevador não chegava

O elevador não chegava e a fila já estava enorme. Nem me aventurei a passar na frente usando o pretexto da terceira idade. Comecei a olhar meus colegas de fila de maneira investigativa. Quem seriam? Para onde estariam indo? Elevador, fila, idosos, gente feia; e de repente tive uma ideia. Esse elevador bem que poderia ser mágico. Por que não? Subiriam dois, três passageiros de cada vez e, quando voltassem, ninguém os reconheceria, estariam jovens, lindos, tratados por mágicos feiticeiros de bom gosto. Que maravilha! Nossa fila continuava parada, e meus pensamentos já começavam a fluir. Voltei ao mesmo tema: quando chegasse a minha vez, teria que escolher uma idade, e aí comecei a pensar. Que tal 30 anos, quando morava em Nova York? Jovem, descobrindo o mundo, deslumbrada com o que via, mas imediatamente pensei: não podia ficar a vida toda vendo museus e lojas; acabaria exausta com tanta beleza, os meus neurônios explodiriam. Pensei que talvez fosse melhor ir para Buenos Aires. Era um pouco mais velha, mas em plena forma. Achava Buenos Aires profundamente triste, e vivia com saudades de Nova York, não aproveitei nada a cidade. Eram só festas na embaixada, coquetéis, roupas maravilhosas. Havia esquecido tudo que aprendera em Nova York. Era um saudosismo que não me levava a nada. Milão, que tal Milão? Futilidade ridícula, Milão era só Valentino pra cá, Gucci pra lá; a *Pietà* de Michelangelo vi bem umas vinte vezes. Tinha de ficar, por obrigação e por puro esnobismo, a par dos últimos designers. Até a chaleira que Roberto, nosso amigo, bolou e com ela ganhou o primeiro prêmio de designer, era por demais fabulosa. Entrar no mundo do Dino Buzzati me subiu à cabeça, e possuir os vestidos do Missoni era meu grande desejo. Quanta bobagem. Eu havia me tornado a mulher mais fútil do mundo, Milão faz dessas coisas. E o mais curioso é que jamais gostei de mim nessa época. Eu não era feliz. Mas também sabia admirar a natureza que cercava Milão, só que isso não era tudo.

A fila ia andando e eu não tinha ainda fixado a minha idade, tudo seria rápido, agora restava pouco tempo: já estava chegando aos 50, e nada valia a pena. Sabe de uma coisa? Pediria para ficar assim mesmo, apenas que me dessem mais cabelo e mais saúde. Não trocaria minha idade.

Aquelas beldades continuavam a passar na minha cabeça, e eu não havia chegado a nenhuma conclusão. Pensei nos filhos, eles teriam que concordar em voltar no tempo e no espaço comigo. Muita confusão. No fundo, teria de pedir outra vida, tudo diferente do que já havia experimentado.

O elevador chegou, entrei com mais cinco pessoas, apertei o botão do décimo segundo andar. E depois fui andando para a minha academia da terceira idade.

Paraty

Sonia não poderia recusar esse convite. Na hora, esqueceu completamente que não tinha mais carro. Teria de contar com a carona do Antenor. Haja paciência, o cara era irritante, falava sem parar, repetia os mesmos assuntos. Mas não havia outra solução. O sacrifício valeria a pena. Tudo indicava que essa festa seria o rebu do ano: organizada pelo Eduardo — Parque Lage, música ao vivo, boa ocasião para rever os amigos, seria o máximo! De forma alguma ela poderia recusar esse convite. Estava se sentindo completamente isolada em Paraty, precisava aparecer no Rio; caso contrário, os amigos não se lembrariam mais dela. "Nossa vida foi para o espaço com a falência de papai. A casa do Rio foi vendida para pagar dívidas da família. Fomos todos culpados, essa é a verdade, nunca nos demos ao trabalho de saber como o dinheiro chegava às nossas mãos, e, principalmente, havia as extravagâncias de nossa mãe", pensava Sonia.

O pai decidira desaparecer por uns tempos, seria a melhor maneira de os credores o deixarem em paz. Resolveu levar toda a família para a casa da avó de Sonia, em Paraty.

— Praticamente escondidos — repetia o pai —, ninguém descobrirá o nosso paradeiro; quando a poeira baixar, tudo vai se resolver.

Antenor, o vizinho, era um cara esquisito, sempre viajava para o Rio levando muitos pacotes, por isso Sonia se lembrou de pedir-lhe uma carona. Na varanda que dava para o mar ela ficava sonhando com a festa que não queria perder.

A casa da avó era cercada por uma mata virgem, praia quase particular; bem na frente havia um deque. Para o conforto da família, o caseiro tinha um barco e lhes trazia, todos os dias, peixes, camarões, lulas, tudo fresquinho cheirando a mar. As varandas que cercavam a casa tinham redes penduradas, deliciosas para um cochilo.

Sonia via muitos problemas em morar em Paraty. Até os turistas a incomodavam, perturbavam a sua tranquilidade. Para ela o mais difícil era cortar de uma vez por todas aquelas amizades do Rio. Sabia que não podia acompanhar o ritmo do grupo. Infelizmente, não achava que se acostumaria a viver naquela cidade. Mas Sonia gostava imensamente da avó, principalmente balançar-se na rede e escutar suas histórias de meninota em Paraty. Não gostava só da avó, mas de tudo ao redor da casa, principalmente acordar com o barulho das ondas, espreguiçar-se envolta naqueles lençóis de linho ricamente bordados, remanescentes do enxoval da avó, dona Candinha, que saíam do baú quando a família vinha visitá-la. Pulava da cama já vestida para ir à praia. A mesa do café da manhã era um sonho. Com a ajuda do caseiro, que trazia flores frescas do jardim, dona Candinha as colocava na jarra de Limoges que enfeitava a mesa, ora com um ramo de jasmim, ora com flores do campo.

— Vovó, que lindo! — gritava Soninha, cobrindo-a de beijos. A velhinha tirava tudo de bonito que tinha para alegrar os olhos da neta, cada dia era uma xícara mais linda que a outra. A fruta-pão que a neta adorava não faltava na mesa, Neco trazia todos os dias. Soninha comia com manteiga derretida, ovos mexidos e chá caseiro.

Infelizmente, ela queria ignorar essa felicidade. "Nem sonhando poderia ser feliz em Paraty", pensava Sonia, nada disso lhe era suficiente. Os amigos e o Rio de Janeiro lhe faziam falta. A menina não valorizava o paraíso que a cercava.

O almoço era a hora em que a família se reunia. Invariavelmente, comia-se peixe que o caseiro trazia; Nequinho também o limpava e cozinhava. Era um cozinheiro de mão-cheia, seguia à risca as receitas da dona da casa, que só fazia provar. Quando se reuniam, ficavam sabendo das encrencas e falcatruas do pai. O advogado estava sempre mandando notícias pela internet. A mãe, completamente ausente, com a infelicidade estampada no rosto, não conseguia sair da depressão. Mal falava. Comia e voltava para a cama. O pai havia encontrado uma mesa de pôquer num barzinho no Centro e só chegava na hora das refeições. Os irmãos, soltos, passavam o dia na praia e, quando Neco se esquecia de colocar o cadeado no barco, eles o pegavam e se mandavam pelas ilhas, uma farra.

A festa não saía da cabeça de Soninha.

"Afinal, aturar Antenor durante três ou quatro horas não seria assim tão cansativo", pensava ela. Poderia dormir na casa de Solange e, na volta, pegaria a mesma carona.

Toda semana Antenor ia ao Rio. Misterioso. Ninguém tinha a menor ideia dos seus negócios. Quando lhe perguntavam o que fazia, ele imediatamente mudava de assunto e começava a contar aquelas histórias maçantes e repetidas de sua família. Tudo em volta dele era uma incógnita. Pessoas estranhas apareciam para visitá-lo tarde da noite, e o barulho que faziam era enorme. Mas nem Sonia nem a família nunca foram convidadas para ir à sua casa, que ficava perdida no meio de um matagal.

Definitivamente, estava resolvido. Faria um charme para Antenor e lhe pediria carona. Qual não foi a surpresa de Sonia ao sentir certa indiferença na resposta dele: "Vou ver se ainda tem lugar no carro. Estou levando muitas encomendas e a caminhonete está superlotada. Pela tarde, avisarei pelo celular."

Sonia quase morreu de ódio. Estava crente que ele se jogaria aos seus pés. Passou toda a manhã aflita, com o celular na mão. Só sossegou quando viu Antenor na varanda. Para sua alegria, foi positiva a resposta, apenas teriam de sair muito cedo para não pegarem congestionamento. Mais humilde, concordou com todas as exigências.

— Não me venha com mala grande, o carro já está bastante cheio com as encomendas que estou levando.

Ele era desagradável, mas valia a pena aguentá-lo pela festa. Sonia correu para fazer a mala. Tirou todos os vestidos do armário, que já não eram muitos, e começou a experimentá-los

— achava tudo horrível, fora de moda, mas lá estava o verme-
lhinho, aquele que usou quando conheceu o amor de sua vida.

Parou para pensar no seu romance com um famoso Romeu:
"Ele foi me buscar para uma festa em casa de portugueses que
haviam fugido de Lisboa, na época da Revolução dos Cravos.
Gente riquíssima. A turma grã-fina do Rio estava ouriçada
para conhecê-los. O apartamento era deslumbrante, no velho
Chopin, na Avenida Atlântica. Trouxeram tudo de Portugal,
podia-se ver pela decoração: santos barrocos, móveis antigos,
decoração bem pesada, objetos dourados por todos os lados,
várias cômodas D. João V espalhadas pela casa, porcelanas
Companhia das Índias abundavam; as pratarias, todas antigas,
brilhavam em cima das mesas. Puro estilo novo-rico. Depois,
soube que nem chegaram a colocar os móveis em leilão, ven-
deram tudo para os convidados que acabavam de conhecer.
Os portugas precisavam de dinheiro e os otários pagaram
fortunas pensando que estavam fazendo grandes negócios.
Quando descobriram que muita coisa era falsificada, os an-
fitriões já estavam de volta à terrinha. Mas o meu Romeu era
diferente, charmoso intelectual da esquerda festiva, não dava
bola para futilidades, gostava de filosofar, beber um bom vinho,
e principalmente fazer amor, que era o seu forte. Caí como um
cordeirinho. Apaixonei-me, ficava horas ouvindo o meu Romeu
filosofar, mal sabendo que era tudo garganta. Aquilo já fazia
parte do seu canto de amor para conquistar as garotas bobas
como eu. O caso Romeu passou, fiquei devastada e com ódio
por não ter percebido que tudo não passara de uma cantada
muito bem-feita. Ainda terei muito que aprender. Por muito

tempo, fiquei sem sair de casa. Garota boba, desiludida, fiquei profundamente decepcionada com o amor. Perdoável, afinal estava começando a viver."

Aquele vestido, sem dúvida, daria de presente para a vizinha. Levaria uma pantalona preta e, na hora, colocaria qualquer coisa para combinar. Dessa vez pecaria pela simplicidade, soltaria os cabelos, uma boa maquiagem nos olhos e pronto, era só esperar se o resultado daria certo. Gata escaldada, não teria mais sonhos: um rapaz simpático, inteligente, já seria o bastante. Estava sem namorar havia muito tempo, e onde morava só tinha turistas e pescadores.

No dia seguinte, ficou à espera de Antenor, que chegou na hora certa. Ele guardou sua malinha sem reclamar e Sonia foi sentada ao seu lado. Só esperava que ele estivesse afônico, mas lá veio ele com suas histórias velhas e repetidas. Ela já sabia de cor seu repertório: os casamentos das tias, o desastre que cometeram casando-se por amor. Contava com detalhes, uma chatice só. Quando falava nas tias, ainda tinha até certa graça, mas escutar tantas vezes a mesma coisa era demasiado. Por mais que tivesse colocado algodão nos ouvidos, não era suficiente. Na volta, ela foi mais esperta: levou um remedinho para dormir, e só acordou quando estava para chegar a Paraty.

— Encontrou um namorado simpático? — perguntaram meus irmãos. Corri para o quarto e fui logo pedindo que me deixassem em paz.

A festa tinha sido um fracasso. Festa de 15 anos, só garotada boba, patricinhas. Como foi que meu nome surgiu nessa lista de convidados? Não sei. Algum engraçadinho quis se divertir à minha custa. Só fiz perder tempo e ainda fiquei devendo um favor ao Antenor.

O tempo foi passando, e os negócios da família ainda continuavam emperrados. Ninguém trabalhava naquela casa. A vida era só pescaria e banho de mar. Dona Candinha seguia seu mesmo ritmo de vida, às vezes se enfeitava e saía com uma sombrinha colorida. Ia visitar as amigas de longa data, depois passava pelo armarinho para comprar linha e continuar sua colcha de crochê. Neco a levava na charrete e ficava à sua espera.

A avó de Soninha enviuvara muito jovem. Seu marido morreu tuberculoso; família rica de Paraty, deixou-lhe recursos suficientes para voltar a morar na cidade e criar muito bem seu único filho. Infelizmente, deu no que deu. Ela mandou o rapaz estudar no Rio nos melhores colégios, alugara um quarto na casa de uma prima. Às vezes, vinha ao Rio saber se tudo estava correndo bem. Arthur formou-se em Direito; rapaz inteligente, logo conseguiu um bom emprego. Casou-se com uma colega que se dizia de uma família tradicional de Minas Gerais. Depois do casamento ele pouco procurava a mãe. Mandava os filhos, desde pequenos, passar as férias em Paraty. Um Natal sim, outro não, convidava a mãe para vir à sua casa. A mulher não gostava da sogra e fez várias exigências, inclusive manter dona Candinha afastada da família. Mal sabia ela que um dia iria bater com os costados na casa da sogra. Gente boa, dona Candinha nunca levou a sério a nora e soube perdoar o filho. Dizia a si mesma que o coitado havia crescido sem o carinho e o amor do pai.

Uma noite, já bem tarde, lá pelas altas horas, fomos acordados com um daqueles bafafás um tanto exagerados que vinham da casa de Antenor. Muitos tiros e um carro que partiu em disparada cantando pneu. Depois, um silêncio fúnebre. Todos ficaram apavorados, gritaram por Neco, que morava numa casa um pouco afastada. Custou para Neco escutar, foi preciso dona Candinha tocar um sino, e só aí foi que Neco apareceu.

— Corre lá, Neco — gritávamos todos —, vai ver o que aconteceu.

Neco, apavorado, pegou sua foice e se mandou para a casa de Antenor. Foi entrando de mansinho pela porta da cozinha, que estava aberta, abriu a primeira porta interna e encontrou Antenor todo ensanguentado caído no chão. Horrorizado, parou e ficou observando para ver se o pobre rapaz se movia. Neco tratou de não pegar em nada, olhou mais uma vez e deu o fora. Chegou branco, as pernas trêmulas, e mal conseguia falar.

— E então, Neco, fala. Fala o que viu e não fica aí apalermado — dizia meu pai.

— Chama a polícia, dona Candinha, rápido, chama a polícia, se não vão dizer que foi a gente que matou o rapaz.

Meu pai, nervoso, não queria saber de polícia. Resolveu esconder-se na casa de Neco e foi logo ordenando:

— Digam que estou no Rio de Janeiro tratando de negócios.

A polícia não tardou a aparecer. Chegaram fazendo um barulho enorme, sirenes, holofotes, e muita gente correu para saber o que estava acontecendo. Imediatamente, cercaram a casa de Antenor e ninguém mais podia chegar perto. O delegado, um rapaz novo, bem aparentado, foi logo fazendo perguntas, queria saber tudo de uma só vez.

— Vamos devagar, senhor delegado — dizia minha avó.

— Sente-se. Sabemos pouca coisa da vida íntima de Antenor.

E dona Candinha contou que a neta pegara uma carona com Antenor para o Rio, não fazia muito tempo.

— Então a senhorita deve ter alguma coisa para nos contar.

— Sei muito pouco — respondeu Sonia. — Só fiz pegar uma carona, escutar aqueles assuntos chatérrimos que já conhecia. Desci na casa de minha amiga em Santa Teresa. Depois, ele ficou de passar na quinta-feira às sete horas para me pegar, e foi só.

— A senhorita devia conhecer muito bem o rapaz para lhe pedir uma carona — questionou o delegado.

— Bem, conhecer não conhecia, não. Antenor era vizinho de minha avó, vinha sempre por aqui bater um papo, perguntar se não precisávamos de nada, e entrava para tomar um cafezinho. Falava sem parar, contava sempre as mesmas coisas, mas nunca nos convidou para entrar na casa dele. Às vezes escutávamos umas gritarias, brigas e logo o grupo ia embora. Imagino que era um grupo porque víamos sempre dois, três carros que partiam em disparada. E é só o que tenho para lhe contar.

— Dona Candinha, a senhora vai me desculpar, mas tenho que marcar uma audiência com todos vocês na delegacia. Vamos tentar coletar todas as informações, vasculhar a casa de Antenor, conseguir impressões digitais etc. Talvez tenhamos que chamar alguém do Rio para nos ajudar. Isso tudo está me cheirando a contrabando.

— Senhor delegado — gritava o guarda apavorado —, veja só o que encontrei, cocaína da boa; são muitos pacotes que estão escondidos na cozinha, e junto com eles vários cadernos.

Deu para perceber que Soninha ficou nervosa quando viu os pacotes:

— Senhor Delegado, eu vi muitos pacotes até parecidos com esses no carro do Antenor quando ele me levou para o Rio. Na volta, o carro estava bem vazio. Só não deu para saber o que era. Os pacotes eram um pouco diferentes, disso eu tenho certeza.

— Contrabando, como eu já imaginava. Mas esse Antenor metido em tráfico de drogas? — dizia o delegado. — Por aí tem coisa. Precisamos ver esses cadernos com todo cuidado.

— Senhor delegado, Antenor era muito educado. Minha neta o achava um caipira, mas ele sempre foi muito gentil comigo. Quando morava sozinha, nunca deixava de perguntar, quando ia às compras, se eu precisava de alguma coisa. Coitado, deve ter sido induzido a se meter em tal encrenca. Disso eu tenho certeza, senhor delegado — dizia dona Candinha muito sentida.

— Por favor, não entrem na casa de Antenor, senão deixarão impressões digitais. Amanhã, todos serão chamados para depor, inclusive você, Neco. Dona Candinha, por favor, a senhora não se esqueça de falar com seu filho, ele tem razões de sobra para aparecer na delegacia.

O filho de dona Candinha, quando escutou seu nome, se borrou todo. Ele sabia que o delegado estava a par de suas falcatruas. Só faltava essa. Viera se esconder e logo estourava um escândalo desses ao lado da casa da mãe. No dia seguinte,

Arthur e a mulher já haviam se mandado para Minas. Foram procurar ajuda na casa da família da mulher, que de importante e rica não tinha nada. Gente humilde que morava num sítio. Sonia ficou agitada e muita curiosa com o que diziam os cadernos de Antenor.

No dia seguinte o delegado mandou um recado para dona Candinha. Que ficasse sossegada, o pobre Antenor tinha sido induzido a levar aqueles pacotes para o Rio. Conhecera aqueles miseráveis no posto de gasolina, pediram-lhe carona e ele não soube recusar. Depois disso o pobre Antenor virara refém daquela gente. Traficantes conhecidos, encontraram em Antenor o cara perfeito para trabalhar para eles. A droga vinha por mar, entregavam na casa de Antenor já empacotada, e era só colocar no carro e levar aos endereços que eles mandassem. Quanto ao dinheiro, não podia faltar um vintém, senão matariam toda sua família e poriam fogo na sua casa e na dos vizinhos.

"Caso já solucionado. A senhora tinha toda razão quando defendeu o pobre do Antenor", dizia o bilhete. Ninguém precisaria comparecer à delegacia, só a neta. O delegado gostaria de lhe mostrar algumas observações que Antenor escrevera a seu respeito.

Sonia entrou em pânico, "o que teria a dizer sobre ela aquele intolerável?", pensava. No dia seguinte se mandou para a delegacia. O delegado a fez esperar naquele calor infernal. Só depois de algum tempo foi levada à sua sala.

— Dona Sonia, aqui estão os cadernos de Antenor. Rapaz inteligente, soube deixar todas as informações para pegarmos essa quadrilha. Quanto à senhora, o Antenor soube muito bem observá-la. Concordo plenamente com suas palavras. A senhora precisa tomar jeito, não pode continuar diminuindo os outros, fazendo-se de importante, quando sua família está vivendo de caridade na casa da avó.

— Senhor delegado, não tenho a menor curiosidade em ler os cadernos de Antenor, muito menos o que ele pensa a meu respeito. Se for só isso que tem a me dizer, peço para me retirar.

— Dona Sonia, uma pena que não queira ler os cadernos de Antenor, tenho certeza de que os comentários lhe fariam muito bem.

Sonia levantou-se, cumprimentou o delegado friamente e voltou para a casa da avó o mais rápido possível. Não quis comentar com ninguém o que ouviu do delegado, mas sua avó, muito astuta, já imaginava o que tinha acontecido. Sonia deixou de sair de casa para ir à praia, só ficava lendo os anúncios dos jornais; era advogada, poderia perfeitamente trabalhar. Nem morta moraria em Paraty! Adorava a avó, seus carinhos, mas não havia xícara de Limoges que a fizesse morar mais um dia naquela cidade. Voltaria para o Rio, tinha certeza de que conseguiria alguma coisa. Mas precisaria de muita coragem. Quem a receberia? Resolveu pedir à amiga de Santa Teresa que procurasse um quarto modesto para alugar. Iria à luta, mas em Paraty não ficaria. Tudo resolvido, arrumou a mala, deu quase todos os vestidos e só levou o necessário. Agora seria outra Sonia. Uma pena que Antenor não estivesse vivo para ver a sua mudança.

Os irmãos de Soninha não ficaram atrás, pediram ajuda a Neco, gostariam de aprender a pescar, adoravam Paraty, e de lá não sairiam nunca mais. Neco estava ali para ajudá-

-los, e logo os rapazes já vendiam peixe para os melhores hotéis da cidade. Os pais desapareceram. Com pavor do delegado, nunca mais importunaram dona Candinha. Para a alegria da avó, Sonia mandou uma carta contando que estava fazendo um estágio numa firma importante de advocacia, já havia recebido promessa de emprego, estavam contentes com o seu desempenho. Poderia considerar-se com um contrato de trabalho a partir de novembro.

Antenor não morreu em vão.

Um cheiro de amor

Colegas desde os primeiros anos no Colégio de Aplicação, alunos brilhantes, logo se tornaram grandes amigos. Cresceram nas redondezas do Jardim Botânico. Quando Maria resolveu morar sozinha, para desespero dos pais, alugou um apartamento muito simpático, perto da Hípica. Como ficava de fundos no primeiro andar, improvisou um pequeno jardim. Mais tarde, resolveu colocar um toldo para ter mais privacidade. Derrubou as paredes do apartamento e tudo parecia maior: cozinha interagindo com a sala, cama com dossel, sofá molengão com almofadas no chão, estante com seus livros prediletos, uma mesa comprida, onde os amigos podiam sentar enquanto preparava as comidas, um bom aparelho de som, peça principal da casa. Não era muito ligada em televisão, mas mesmo assim comprou uma de tamanho regular.

Estava pronta para receber os amigos: Pedro, João e José. Inseparáveis, mantinham uma amizade platônica, se adoravam, não sabiam viver separados, não tinham segredos, mas também não se declaravam. No primeiro dia em que convidou os "três mosqueteiros", presentearam-na com gravuras brasileiras, cada uma mais bonita que a outra. Maria, feliz, foi logo enfeitando o apartamento. Tudo corria bem demais com os amigos. Apenas não eram afetivamente resolvidos. Maria optou pelo teatro. Dedicou-se a escrever peças infantis e foi estudar perto do Colégio de Aplicação, no Tablado. E ela logo se tornou uma escritora conhecida. Suas peças de teatro eram disputadas entre os grupos infantis, adorava escrever sobre bichos e fábulas encantadas, tudo ligado às lendas brasileiras.

O apartamento de Maria foi ficando encantador e lá o grupo se reunia todas as quartas-feiras. Adoravam estar juntos, sentavam em volta da mesa tomando uma cervejinha, os rapazes traziam queijos, torradas e uma torta salgada, Maria só contribuía com a bebida. Juntos dividiam seus problemas, falavam de tudo, lavavam a alma.

Pedro era o mais animado, formou-se em Filosofia, vinha de uma família muito católica e morava na Tijuca. Adorava conversar com sua avó até altas horas sobre religião. Gostavam de comentar o Antigo Testamento, as epístolas de Paulo. A senhora não era carola, muito pelo contrário, aceitava todas as ideias avançadas do neto, discutiam até chegarem a um acordo razoável. Pedro era um boêmio, estava sempre de namorada nova. Tão jovem e já professor de Filosofia na Uerj; vez ou outra era convidado para ir a Angola dar cursos na Faculdade do Governo. Também ganhava uns trocados dando aula particular para pequenos grupos, sempre na casa dos alunos. Grande professor, criou fama, não chegava para os pedidos; telefonemas para ele formar novos grupos eram muitos. Vivia correndo de um lado para outro. Chegou uma hora em que Pedro ficou exausto. Estava a ponto de largar todo aquele mulheril (a maior parte eram senhoras em busca de programas culturais) e partir para outra. Mas suas quartas-feiras eram sagradas, era do que mais gostava na vida.

Numa dessas reuniões desabou um temporal que inundou todo o Jardim Botânico. A água era tanta que quase entrou pelos fundos do apartamento de Maria. Eles ficaram apavorados e resolveram todos dormir no apartamento. Dariam um jeito e, com muita bagunça, cada um encontrou um lugar para se acomodar. Maria abriu a gaveta da cômoda, retirou lençóis para agasalhar os amigos e, depois de muita farra, foi deitar na sua cama de dossel. Certa hora, quando Maria abriu os olhos, estavam todos deitados ao seu lado. Dormiam como anjinhos. Maria ficou em êxtase. Que maravilha seria ter os três amigos só para si! Deu-se conta de que amava profundamente os três, não via nada de anormal em poderem viver juntos; afinal, hoje tudo era permitido: casamento de mulher com mulher, homem com homem, e por que não três homens e uma mulher? Dormia ao lado dos amigos e não conseguia parar de pensar neles. Sentia-se a mulher mais feliz do mundo. Lembrou-se de cada um no Colégio de Aplicação, e de como os amava desde o primeiro dia em que os conhecera. Seu coração não sabia dizer qual deles ela amava mais. Seguiram assim. Mas seria possível amar os três ao mesmo tempo? Devia haver algo diferente que lhe chamasse mais atenção, mas nunca conseguiu encontrar essa resposta. Um cheiro de amor, de felicidade, pairava naquele apartamento. Até a chuva era romântica.

Já de manhã, Maria acordou Pedro, exalando felicidade. E logo estavam os quatro brincando de jogar travesseiros. Uma farra.

— Meninos, vamos preparar o nosso café da manhã, temos muito que fazer e o trabalho nos espera.

José saiu correndo para a redação, estava atrasado. Deu um beijo gostoso em Maria, tchau para os amigos e se mandou no seu fusca vermelho. Competentíssimo, um dos melhores jornalistas do *Jornal do Brasil*, estava sempre cobrindo os acontecimentos mais importantes. Corajoso, enfrentava os políticos com seus artigos instigantes. Tinha estilo agressivo, um dos primeiros jornalistas que usava a investigação; quando descobria algo, ia fundo até trazer toda a verdade à tona. Era queridíssimo na redação. Podia ganhar o que quisesse em outros jornais, mas era fiel ao *Jornal do Brasil*.

Tinha uma paixão secreta por Maria, mas, receoso de que ela gostasse mais de Pedro ou João, nunca procurou saber da verdade, estava feliz, havia dormido sentindo o calor do corpo da amada. Ninguém poderia entender essa paixão contida; procurava as amigas da redação, tinha uns casos rápidos, mas nada duradouro. Morava sozinho, num pequeno apartamento em Copacabana. Visitava sua família em Pernambuco frequentemente, e uma vez convidou Maria para acompanhá-lo. Ela acabou apaixonada pelo Nordeste, suas praias, comidas e, principalmente, pela família de José.

João também tinha que sair cedo, estava trabalhando no Instituto Pasteur e, devido ao tráfego horrível, demorava muito a chegar. Formara-se em medicina, para alegria dos pais, mas João gostava mesmo era de estudar a fundo a medicina dos indígenas, que fora tão mal entendida pelos nossos colonizadores. Quando ele ficava sabendo por amigos que grupos de alemães se embrenhavam em nossas matas na Amazônia para pesquisar plantas medicinais, ficava revoltado. Tomou uma decisão depois de muita conversa com Maria, que também o entusiasmou: partir para a Amazônia. Mas não pensava em ir sozinho, trataria de arranjar mais dois colegas que, como ele, tivessem esse mesmo desejo.

João resolveu procurar a Funai e pedir ajuda para chegar às tribos da Amazônia. Teve de explicar a razão e o que pretendia fazer por lá. Quando conseguiu explicar seu desejo de conhecer e conversar com os curandeiros, aprender sobre as ervas medicinais que usavam para curar sua gente, os diretores ficaram encantados. Lembrou que a Amazônia estava sendo saqueada pelos estrangeiros, que vinham munidos de laboratórios para fazerem pesquisas e apropriar-se das nossas ervas medicinais. Entusiasmados com as ideias e a bravura desse jovem rapaz, deram-lhe todo o apoio. Conseguiu os mapas e contatos que deveria procurar quando chegasse a Manaus.

Depois desse encontro, partiu para a casa de Maria para contar as boas novas. Maria, radiante mas triste ao mesmo tempo por ficar longe do amigo, o incentivou a partir o mais rápido possível. Teria certeza de que muito em breve ela e os amigos apareceriam para fazer-lhe uma visita. O sonho de João era descer o Amazonas numa daquelas gaiolas.

* * *

As cartas que João mandava de lá eram devoradas por Maria, que esperava as quartas-feiras para ler junto com os amigos. Todos maravilhados, não viam a hora de tirar férias e irem visitar João. Quem sabe não ficariam todos por lá? Divertiam-se com essa ideia e Maria sonhava se verem juntos descendo o rio Amazonas. Começaram a comprar livros sobre as tribos indígenas, e as conversas de quarta-feira eram sobre a futura viagem. O que deveriam levar, as vacinas a tomar. Medo de serem devorados pelos mosquitos. João logo que chegou foi muito bem tratado pela Funai. Encontrou dois indígenas esperando por ele no aeroporto. Trataram de sua hospedagem na casa de amigos. Nunca imaginaram que João fosse um rapaz de posses. Ele estava realizando um sonho que tinha desde criança: havia se preparado, lido bastante sobre a região, as tribos que deveria visitar, mas ainda não estava pronto para enfrentar tantos problemas burocráticos. E, o mais importante, a competição de outros grupos que chegavam mais bem equipados, trazendo cientistas, verdadeiros laboratórios ambulantes. João vinha munido de cadernos, lápis e de uma boa máquina fotográfica que também podia filmar. Era um sonhador, quixotesco.

Pediu aos novos amigos índios, Paulo e Manoel, para alugar uma gaiola, ou comprar, conforme o preço. Na gaiola ele poderia ser mais independente. Na verdade, queria fazer da gaiola sua casa ambulante, onde poderia também locomover-se pelo rio.

João estava eufórico. Tudo para ele era maravilhoso. Achava o Teatro Amazonas um deslumbramento. Estava feliz, acordava muito cedo para escutar o canto dos pássaros. Não via a hora de entrar na mata. "Calma, calma", diziam os amigos índios, que viviam com a família que hospedava João. As trilhas estavam todas traçadas no mapa. Já sabiam exatamente aonde iriam levá-lo. João ainda imaginava que encontraria curandeiros que lhe passariam os segredos dos chás, das infusões, e também os locais onde encontrar as folhas e raízes que curavam sua gente. Tomaria nota de tudo. Não se conformava em ver os estrangeiros apropriando-se da selva e levando os segredos de nossas plantas e raízes.

Finalmente chegou o dia em que entrariam na mata. Paulo e Manoel, bem equipados, pediram a João que não se esquecesse de levar repelente, cantil com água, remédios, comida não perecível e um chapéu, pois provavelmente iriam dormir no caminho antes de chegarem ao seu destino. João ficou impressionado com a quantidade de estrangeiros que faziam a mesma coisa. As trilhas de Paulo e Manoel eram diferentes, eles sabiam exatamente onde encontrar uma tribo perdida no meio da mata, afinal eles também eram índios. Quem sabe, lá encontrariam o curandeiro com quem João tanto desejava conversar para conhecer seus segredos. Trouxera presentes do Rio de Janeiro: colares, fitas coloridas, muita ingenuidade do pobre João.

João não se cansava, olhava para tudo com curiosidade: aquelas folhas, aquelas raízes que guardavam segredos milenares. Quem sabe se a cura do câncer não estaria perdida por ali? Depois de muito andar, resolveram pernoitar na mata. Paulo e Manoel fizeram logo uma fogueira para afugentar os bichos. Armaram a barraca onde puderam ficar os três, protegidos da chuva que caía toda tarde na mesma hora. João adorava conversar com os índios, também revoltados com a exploração de seu povo, e com os madeireiros, que não paravam nunca de enviar a melhor madeira para a Europa. Os governantes faziam vista grossa e não perturbavam aquela gente devido à propina que ganhavam. Os índios eram realistas e sabiam que nada poderiam fazer. Seria necessário mudar o sistema de governo e mandar essa polícia embora.

No dia seguinte partiram em busca da tribo perdida. Depois de muita caminhada, estavam exaustos e famintos, pois a comida de João não fora suficiente.

Chegaram finalmente à pequena aldeia indígena. João parou, fez pequenas anotações, fotografou de vários ângulos, antes de se aproximarem do centro da aldeia. Ficaram muito desanimados, os pobres índios estavam sofrendo com um surto de gripe transmitido por uma pequena expedição que havia passado por lá e partira deixando essa desgraça. Os três arregaçaram as mangas e foram ajudar o pajé, que estava cuidando de sua gente. Mal tiveram tempo de descansar da longa viagem, João foi caindo na realidade de que pouco poderia fazer para ajudar. Abriu a bolsa de remédios que trazia e ofereceu ao pajé, que não quis aceitar, já tinha medicado a sua gente com os remédios nativos. João, caderno em punho, quis saber exatamente que tipo de ervas o pajé tinha utilizado: ele mergulhava os enfermos na água do rio e os enterrava na areia deixando suas cabeças para fora, era uma de suas formas de tratar doenças contagiosas; ou mata ou cura. João ficou impressionado com esse tipo de tratamento, ofereceu a famosa aspirina, que daria conta da febre provocada pela gripe, doença do homem branco que deveria ser tratada com remédios de homem branco. Pedia ao pajé permissão para tratar de apenas uma família para que demonstrasse o remédio; caso desse certo, pediria a ele que lhe ensinasse o uso de ervas medicinais. Assim feito, os três amigos ficaram em uma oca com uma família. Deram muita água para os enfermos beberem, acenderam um fogo para fazer calor, provocar o suor e aliviar a febre, aplicando aspirina e Vick. Logo, devido ao suor, a febre baixou, e o vírus da gripe foi sendo eliminado. Paulo e Manoel foram buscar um peixe e, com ele, fizeram um caldo leve para alimentar aquela família. Em uma semana, já estavam conversando e as crianças brincando. O pajé, muito agradecido a João, resolveu ensinar-lhe alguns dos seus conhecimentos; em um passeio pelos arredores, mostrou-lhe as ervas que costumava usar e para qual fim. João não só fotografava como guardava as folhas e raízes em sacos especiais com anotações do que eram e para que serviam.

Depois que os três se recuperaram do trabalho que tiveram para curar aquela família, agradeceram ao pajé e partiram felizes com tudo que fora ensinado a João. O caderno estava repleto de anotações, tudo muito bem explicado. Ficaram de voltar depois das festas natalinas. Eles logo compreenderam as boas intenções do amigo, infelizmente tão pouco preparado para enfrentar a máfia que já circulava havia muito tempo por aquelas bandas.

João resolveu que escreveria um livro sobre a tribo que encontrara, faria novas excursões e pretendia conhecer outros lugares que já estavam no mapa. Agora já se sentia pronto para convidar os amigos e comemorar. Perguntou a Paulo onde poderia encontrar fogos de artifício e uma boa cozinheira. Queria dar uma festa para seus amigos que estavam chegando e festejar a passagem de ano, e, principalmente, conquistar o coração de Maria. Nunca tivera coragem de declarar seu amor por ela. Até então, eram só amigos, mas dentro dessa amizade havia um amor profundo que nunca tivera coragem de declarar.

Os amigos, quando receberam a carta, ficaram eufóricos, já sabiam mais sobre a Amazônia que o próprio João. Pedro, como bom filósofo, dominava os livros de Lévi-Strauss. José, excelente jornalista, embrenhou-se pelo mundo da Amazônia, seus problemas, a exploração dos gringos que estavam sugando nossos principais segredos da selva amazônica e patenteando as substâncias que iam descobrindo. Quantas curas foram descobertas pelos alemães com as nossas ervas! Maria já escrevera três peças para crianças sobre a mitologia indígena, já dominava as lendas da Amazônia e seus encantos. Estavam superpreparados para dar todo apoio ao amigo. Foi uma festa quando chegaram: jogavam-se na rede que ficava na varanda da gaiola e de lá não queriam mais sair. João dizia: "Pedro, você terá que nos sustentar para o resto da vida, daqui não vamos sair nunca mais! Encontramos o paraíso. A turma do Colégio de Aplicação finalmente encontrou o paraíso." João não cabia de felicidade: "Esperem que ainda vem mais, aguardem as surpresas!"

Paulo e Manoel, que já adoravam o amigo, fizeram tudo para ajudá-lo a preparar uma festa inesquecível. Lá pelas tantas, quando a música começou a tocar, João pegou Maria para dançar e, olhando para ela com os olhos que ferviam, febre de amor, lhe dizia: "Maria, eu quero ter coragem para dizer o quanto lhe adoro. Há quantos anos eu guardo essa paixão. Precisei vir para cá e tomar coragem para me declarar a você." Então, João beijou Maria nos lábios, que correspondeu com outro caloroso beijo, cheio de amor. Ficaram assim enlaçados por muito tempo. Os dois amigos com ciúmes da amiga, mas ao mesmo tempo radiantes de ver a felicidade dos dois, foram abraçá-los: "Que sejam felizes! Que sejam felizes! Vocês merecem."

Depois disso, tudo foi maravilhoso. A noite dos apaixonados não podia deixar de ser divina. João cobria Maria de beijos, enquanto os fogos pipocavam lá fora. E assim, delicadamente, Maria perdeu sua virgindade.

No dia seguinte foram fazer um passeio, preparados dos pés à cabeça, enrolados em verdadeiros mosquiteiros, com medo de serem devorados pelos mosquitos. Mesmo assim, adoraram o passeio.

João divertia-se vendo o medo dos amigos. Logo os trouxe de volta para a gaiola, fariam um passeio pelo rio Amazonas, e assim, confortavelmente deitados em suas redes, veriam a selva e ouviriam o cantar dos pássaros.

Dias depois, a apaixonada Maria e os amigos se despediram de João. O trabalho os esperava no Rio de Janeiro.

Maria voltaria o mais breve possível, era só questão de arrumar uma nova professora para os alunos do Tablado, fechar o apartamento e ficar para sempre ao lado de João. Foram muitos beijos e abraços de despedida, juras de amor eterno.

Passado algum tempo, após algumas cartas, Pedro recebeu um e-mail dos amigos de João avisando que ele tinha caído em uma emboscada terrível. João era considerado persona non grata aos olhos do novo prefeito. O pobre ainda teve tempo de pedir aos amigos de lá para jogar suas cinzas na pequena aldeia que conhecera, e que, por favor, avisassem aos amigos do Rio que morria feliz de saber que Maria o amava.

Maria, em choque, não teve coragem de partir com os amigos para o funeral de João. Os índios na pequena aldeia prepararam uma cerimônia à altura do amigo que com tanto amor havia curado aquela família em troca de nada, apenas algumas informações sobre como curar outras pessoas. O pajé queria fazer uma cerimônia muito bonita para homenagear aquele primeiro homem branco bom que havia conhecido.

Quando voltaram, os amigos foram direto para o Jardim Botânico consolar Maria. Resolveram não deixar a amiga só, até que ela se restabelecesse. Mudaram-se para sua casa e apenas a deixariam quando estivesse bem. Maria, muito sofrida, foi obrigada a tirar férias no seu trabalho. Os amigos não sabiam o que fazer para consolá-la. Ela só queria falar de João e dos últimos momentos que passaram juntos. Queria saber com detalhes sobre o funeral, os amigos contavam: o pajé havia reunido a tribo em volta da urna de João, cantavam e dançavam homenageando o amigo branco e depois foram todos jogar suas cinzas em volta da aldeia, como João havia pedido. Os meses se passaram e Maria acabou descobrindo que estava grávida de João. Àquela noite no barco, entre beijos e afagos, envoltos pelo pipocar dos fogos de artifício, eles se amaram, sem pensar que uma criança estava se gerando naquele momento.

Maria, quando descobriu a gravidez, não se conteve de felicidade, foi logo telefonar para dar a notícia aos pais de João, que, felizes, encontraram um consolo em ter um neto do filho tão querido. Maria decidiu por conta própria, sem falar logo com sua família, que teria seu filho na aldeia, como as índias.

Procurou Paulo e Manoel, contou a novidade que deixou os amigos felicíssimos. Fariam tudo para ajudar Maria, pois ali estava o fruto de João e, quem sabe, algum dia não continuaria sua obra. Paulo e Manoel ficaram grandes amigos da família. Todos cuidaram da gaiola, mandaram limpar, arrumar e dar um aspecto mais aconchegante: com jarros de plantas, contrataram a mesma cozinheira e procuraram uma local que pudesse ajudar Maria com a criança. Pensaram nos mínimos detalhes. A família com quem Paulo e Manoel viviam também ajudou a arrumar o barco. Levaram roupas de cama e até um berço foi colocado no barco. Tinham certeza de que Maria ficaria encantada quando chegasse ao seu novo lar. Trataram de revelar as fotografias de João e enviaram cópias para Pedro e Paulo, que sugeriram que colocassem as originais no barco, já emolduradas. Os primeiros momentos que João tivera com a selva estavam todos ali registrados até sua chegada à aldeia.

Os amigos, Pedro e José, embora preocupados, ficaram entusiasmados com as ideias de Maria e prometeram que mais tarde, quando suas vidas estivessem resolvidas, iriam morar também no Amazonas. Pedro queria se aprofundar na filosofia indígena e José continuaria seu jornalismo investigativo, tentaria amedrontar os madeireiros que destruíam a floresta e os ladrões que ali se infiltravam para contrabandear as plantas medicinais que faziam sucesso nos laboratórios da Europa. Maria consolava os pais, que prometeram visitá-la. Sabiam que não conseguiriam mudar o espírito de Maria, sempre fora muito independente. Ela partiria com o enxoval completo feito pelos pais de João: as fraldas descartáveis modernas que apareciam nas farmácias, remédios para dor de barriga, toda munida; fez um curso de como tratar os bebês recém-nascidos. Paulo e Manoel, ansiosos, aguardavam as decisões de Maria. Conseguiram contratar uma cozinheira e chamaram também uma índia para fazer companhia a Maria. O pajé ficou muito orgulhoso de saber que Maria daria à luz seu filho na aldeia. Mandou logo preparar uma oca especial para receber a mulher de João, e duas índias parteiras ficariam à sua disposição.

Maria, cheia de entusiasmo, trataria de continuar o trabalho que fazia no Tablado, ensinando as crianças a representar. Faria uma escola para crianças indígenas. Queria continuar a obra de João.

Tanta coisa passava pela cabeça de Maria! Perdera João, mas continuaria seu trabalho. A pobre Maria estava cheia de boas intenções, o que não sabia era se teria forças e nervos para viver isolada da civilização, criar um filho praticamente sozinha, sem ajuda da família, dos amigos José e Pedro. Seu amor por João fora imenso, aquele encontro nas águas do Amazonas desabrochou num amor que quase a sufocou. Sempre gostara dele, e de Pedro e de José, mas por ele sentia um carinho maior, um amor diferente.

Não fora justo o que acontecera. O destino cruel. Só podia ter sido um castigo por gostar dos três.

Por que não teve coragem de impedir que João fosse para tão longe? Quem sabe se o amigo decidira partir por vê-la tão indecisa em seu amor?

Quanto arrependimento sentia. Logo após aquelas despedidas no aeroporto, não via a hora de pegar o primeiro avião e ir ao seu encontro. Foram muitas cartas que se cruzavam quase todos os dias, verdadeiros diários. Os amigos compreenderam que algo estava acontecendo e junto com ela compartilharam as aventuras de João.

Os assuntos das quartas-feiras agora eram outros, tudo isso era coisa do passado, eles só falavam na ida de Maria, nas preocupações que essa viagem estava causando ao verem a amiga partir de barrigão para parir com as índias na aldeia. Resignados, já se preparavam para viajar para o parto da amiga.

A sorte grande de Maria eram seus amigos, que passaram a fazer parte de sua família. Um amor fraternal os unia. Acompanhavam todo aquele sofrimento. Estavam prontos para partir ao seu encontro logo que ela os chamasse. Prometeram que iriam para o parto, só não concordaram que tivesse o filho com as índias na aldeia. Todos desejavam que Maria fosse assistida por um bom médico ou parteira. Estavam muito preocupados.

Porém Maria, de malas prontas, não marcava nunca a sua ida. Parecia que algo a estava impedindo de partir. Seus exames de pré-natal não estavam grande coisa, uma anemia a perseguia e seu médico já a prevenira de que se não tomasse cuidado poderia perder a criança. Teria que fazer muito repouso. Era absolutamente contra sua ida para tão longe, considerava tudo isso uma loucura, um romantismo fora de época, ela teria que cair na real.

A mãe de Maria, embora conformada, passou a suplicar que não fosse ter o filho na aldeia.

Repouso absoluto a conselho do médico, Maria viu-se cercada pelos amigos e pela mãe, que não a deixavam levantar-se da cama. Maria pouco a pouco já nem falava na partida. Quando soube que estava esperando uma menina, aí é que ficou desanimada. Todos adoraram a ideia de uma menininha vir alegrar aquela casa, e o enxoval foi trocado para cor-de-rosa. Um belo dia, Pedro apareceu com um berço lindo, todo rosa, com fitas, cortinado, e uma cômoda para guardar o enxoval da pequena menina. Maria, indiferente, mal olhava para tamanha beleza, estava ausente, não tomava conhecimento da filha que estava prestes a nascer. Como tudo na sua vida era de rompantes, acordou com a decisão de que não iria mais morar no Amazonas, que previnissem a família de Paulo e Manoel. Daria de presente aos amigos a gaiola, poderiam vender, fazer o que quisessem; depois, com calma, lhes escreveria uma carta.

Foi um alívio, alegria para todos. A família de João foi logo informada e não viam a hora de pegar na netinha. Ficou resolvido que, quando saísse do hospital, Maria passaria uma temporada na casa dos pais de João e eles contratariam uma enfermeira para cuidar da menina. Tudo pronto, a data do nascimento se aproximando, a expectativa era grande. Os amigos dormiam todos os dias em sua casa e não a deixavam um minuto, logo aos primeiros sinais a levariam para o Hospital São José.

Nasceu Maria da Glória, um lindo bebê, carequinha, olhinhos arregalados e já querendo mamar. A mãe, completamente indiferente. Se fosse um menino como desejava, as coisas teriam mudado. Os dias passaram rápido na casa dos pais de João e ficou decidido que Maria da Glória ficaria por uns tempos na casa dos avós paternos. Maria precisava se organizar, as novas peças teriam que ser revisadas, as crianças do Tablado a estavam esperando. As histórias seriam diferentes, os bichos seriam os principais personagens, e quase todas elas se passavam na floresta amazônica. Teria muito trabalho com a figurinista. Animada com seus projetos, a filha passou para o segundo plano.

Maria da Glória teve muita sorte de estar sendo educada pelos pais de João e pelos tios Pedro e José, que a amavam como pais de verdade. A menina cresceu cercada de amor.

Os anos correram rápido e logo Maria da Glória já ia fazer 18 anos. Sua mãe não mudara, não perdoava não ter tido um filho homem, o seu menino João, que eternizaria o nome do pai.

Sua filha cresceu escutando as histórias de João e dos desafios que ele enfrentara. E, por incrível que pareça, nada tinha mudado: os madeireiros continuavam explorando as nossas florestas, os índios vendendo a nossa madeira e sendo enganados pelo homem branco, as grandes fábricas de cosméticos estrangeiras explorando as nossas florestas, levando o que de melhor encontravam para fabricar seus cremes e remédios na Europa. E o governo fazendo vista grossa.

Tristeza.

Francisco

O sol ardia, o suor corria-lhe pelas faces, calor infernal, mormaço. Benza Deus que Maria se lembrou do chapéu de palha. Senão ele já teria caído duro de insolação. Por que fora acreditar naquela gente? Francisco não sabia mais o que fazer. Morto de fome, sede, pensava o pobre: "O partido bem que podia estar distribuindo um sustento, ao menos água." Na praça não havia lugar para mais ninguém. Um cheiro forte se espalhava, o fedor do medo misturado com o fedor da miséria. Chegara tão cedo para pegar um bom lugar, de nada adiantara sair com as estrelas. Aqueles políticos de merda prometeram tanta coisa. Vinha em busca de um roçado e, pelo visto, não haveria roçado para tanta gente. Apenas Francisco não sabia que era tudo tapeação. Na época das eleições, aqueles cabos eleitorais prometiam o impossível.

As forças lhe faltavam, lábios secos, rachados, boca amarga, os braços caíam-lhe como uma canga, pernas bambas, buraco no estômago; o que fazer, não sabia. Por um momento teve vontade de voltar. O negócio era aguentar firme. Não sabia se resistiria. Morreria ali, valente, não daria a ninguém o gosto de o chamarem de frouxo. Tinha certeza de que, se sobrevivesse a tamanho sofrimento, voltaria para casa como um herói. Teria que contar a verdade à sua gente, bateria de porta em porta, pedindo que desistissem de acreditar em tamanhos salafrários. Fazer aquele povo andar léguas. Prometer terras, arados, vacas, bezerros, e tudo não passar de mentira deslavada. Mereciam que Lampião ressuscitasse, descesse do serrado para acabar com aquela raça.

Os horrores que contavam dos políticos de Brasília devia tudo ser verdade. Quando chegou sua hora de ser atendido, já não tinha saliva, os lábios colados não deixavam a voz sair. Com muito esforço, tirou do bolso um papel amarrotado, sujo e começou a soletrar o que lhe haviam pedido.

Coitados dos que acreditaram um dia naquele sonho.

A surfista

Solange, menina mimada, filha única, tudo que pedia aos pais conseguia. Acordava tarde nas férias e se mandava para a praia com seu biquíni e prancha na mão. Boa surfista, diziam os amigos. Linda, pele bronzeada, olhos bonitos, pestanas grandes e grossas, boca carnuda. Uma beleza que chamava a atenção das pessoas que passavam. Logo se jogava ao mar, outra ninfa de Netuno que voltava a cortar suas ondas. Equilibrando-se na prancha em zigue-zague pelo mar, cortando as ondas até chegar à praia. Um colosso, admirar tamanha beleza. Quando voltava, já encontrava seu grupo de surfistas, que a saudavam com palmas, beijos e abraços. Foi apresentada a João, jovem na turma e ótimo surfista. João, negro azulado, olhos verdes, dono de um corpo escultural. Logo aquelas cores opostas se aproximaram. Era lindo encontrar os dois juntos. Não preciso dizer mais nada, logo ficaram íntimos. Jogavam-se ao mar, brincavam com as ondas que vinham amaciar-lhes os corpos. Tudo fazia crer que Netuno estava atrás de tamanha beleza e harmonia. Era uma paixão louca que surgia. Lembrava-me da tragédia de Desdêmona e Otelo. João era um bon-vivant, não tinha cara de Otelo. Novas praias foram surgindo para surfar, até que encontraram a Prainha. Solange, dona de um Fiat esportivo, não tinha problema para locomover-se. Acabou conhecendo a casa de João no Vidigal. Quando chegavam, a família de João estava trabalhando. Ficaram deitados na laje, só havia o céu e as nuvens que passavam, acobertando as cenas de amor. As duas carnes entrelaçadas, o branco e o preto-azulado, encontravam o amor forte, físico, que os unia. A Prainha tornou-se o lugar preferido dos amantes. Mas, como nem tudo são rosas, certo dia encontraram vários fotógrafos estrangeiros, modelos famosas, as chefonas que dirigiam as meninas, vestindo os biquínis da Lenny Niemayer, posando de todas as maneiras, plantando bananeira nos barcos que encontravam na praia, e muitos flashes.

Foi quando o olhar de um fotógrafo localizou João. Pronto, começou a desgraça de Solange. Aquele corpo viril do negro retinto, de sunga preta, seria um sucesso para as novas fotos. Um dos fotógrafos, com muito jeito, sondou se João não queria fazer um teste ao lado das modelos. João nem vacilou, nem quis saber do cachê. Solange ficou ardendo de ciúmes; quando se deu conta, João já estava abraçado com uma das modelos. E os fotógrafos não paravam de clicar, se jogavam na areia, corriam atrás das modelos de todas as maneiras.

Não poderiam ter encontrado lugar mais bonito para as fotos. Prancha, areia, mar, barco, e aquele negro maravilhoso, completando a natureza. João seria logo contratado, bastou que comparecesse ao escritório. Trabalho não lhe faltaria. João, generoso, perguntou se podia levar Solange para fazer um teste. Os fotógrafos, simpatizando com o rapaz, logo concordaram. João pediu que tirassem uma foto dele abraçado com Solange segurando uma prancha, seria uma boa lembrança. A foto foi tão sensacional que serviu para a capa da *Vogue*. Surgia a nova Gisele Bündchen para os fotógrafos. A vida do casal mudou de uma hora para a outra. João, contrato assinado, já com passagens para o exterior. Solange foi endereçada para outro departamento, e faria propaganda para os vestidos da Renner: que ficasse feliz, emprego não estava fácil para ninguém. Mal sabiam que aquela menina era milionária, não precisava de nada disso. Na verdade era uma apaixonada que precisava daquele emprego só para ficar rondando os passos de João. Quando a foto dos dois saiu na capa da *Vogue*, foi um estardalhaço. Os pais de Solange quase tiveram um enfarte: moralistas, preconceituosos, ficaram revoltados com a filha abraçada com um negro.

— Você está ficando completamente transviada. Minha filha nos braços daquele negro.

Solange, aos prantos, confessou que estava apaixonada por ele. Se proibissem, sairia de casa.

— Só espero — disse a mãe — que você esteja tomando a pílula; neto negro não entra nesta casa.

Solange odiou os pais para o resto da vida. João, por outro lado, tornou-se um modelo internacional. Às vezes saía com Solange, mas aquele romance, aquelas tardes na laje de sua casa nunca mais iriam repetir-se. Solange, desesperada, grávida, sofreu muito. Compreendeu que não fazia mais parte do mundo de João.

Voltou para o Brasil. E um dia se perdeu no mar.

A governanta

Finalmente aceitei o compromisso de trabalhar na casa de um músico, pianista e compositor que morava na Toscana. Fui logo informada do seu temperamento esquivo, silencioso, de poucas palavras, muito exigente, extremamente antipático. Era aceitar ou largar. O salário, excelente, folga quase nenhuma, dependendo do programa do patrão. Teria que organizar suas viagens, tratar com a secretária que chegava todos os dias às dez horas, tomar conta da casa e outras coisinhas sem importância. Pensei muito antes de aceitar. Eu falava dois idiomas, como exigiam. Realmente, meu perfil condizia com as exigências da agência. Tudo estava muito explicado e eu não podia errar. Precisava desse dinheiro para pagar umas dívidas e saldar meu apartamento.

Seria obrigada a fazer um grande sacrifício, isolar-me dos amigos e dedicar-me completamente a esse distinto senhor mal-humorado. Teria de usar roupas discretas e dirigir-lhe pouquíssimo a palavra. O homem era para lá de complicado.

Pensei em não aceitar o emprego, mas, depois de conferir minha conta bancária, respondi imediatamente que chegaria no dia marcado.

Tratei de preparar meu guarda-roupa, vestidos pretos discretos, golas brancas, o clássico colar de pérolas, sapatos confortáveis e um casaco de frio que consegui emprestado com uma amiga, por sinal muito bonito. Estava pronta para partir. O resto eu compraria por lá. Não me esqueci de levar o livro de receitas de minha mãe, talvez me fosse útil para sugerir à cozinheira.

Quando cheguei ao aeroporto de destino, o motorista me esperava com meu nome estampado num papel bem grande. Foi fácil localizá-lo. Muito calado, homem de poucas falas, partimos para a residência. Estava nervosa. Era a primeira vez que trabalharia como governanta com um patrão importante e exigente. Um músico mundialmente conhecido. Meu coração batia rápido, quase uma taquicardia. Fui recebida pela secretária do senhor Pavel.

A casa era um deslumbramento, pequena, mas muito charmosa. Eliza, a secretária, foi me mostrando os ambientes. No escritório do mestre, como o chamava, um grande piano de cauda tomava todo o ambiente, uma janela de vidro revelava um jardim deslumbrante, grama bem tratada, cadeira para ele tomar sol, árvores frondosas e poucas flores. Muito verde cercava o ambiente, o jardim era separado, bem afastado da casa. No escritório, uma bela mesa de trabalho, cadeiras de couro, pilhas de partituras que ficavam a cargo da secretária, uma senhora de cabelos brancos, que achei muito distinta. Meus aposentos ficavam na parte superior da casa, um quarto como nunca imaginei, um sonho que estava vivenciando. Joguei-me na cama e o colchão jogou-me para o alto. Meu Deus, algo de ruim estava para acontecer, deveria ficar preparada, não era possível tanta maravilha, tanto conforto e distinção.

A secretária avisou-me que o senhor Pavel estaria me esperando no seu escritório às seis da tarde. Tive tempo de sobra para abrir a mala, guardar meus pertences e escolher um vestido bem discreto. Não esqueci o colar de pérolas. Às seis em ponto, com minha agenda, estava batendo no seu escritório.

— Entre, senhora Silvia, muito prazer. Sente-se, por favor.

— E indicou uma belíssima cadeira de couro. — Sinta-se à vontade. Não temos muito que conversar, escrevi tudo aqui neste caderno. Não esqueça! Regra número um: averiguar meu escritório pela manhã, a secretária sempre chega às dez. Antes já tomei meu café na varanda, depois vou pegar um pouco de sol lendo meu jornal e não quero ser importunado. Vou logo lhe avisando que minha ex-mulher gosta de aparecer sem avisar; fora, fora com ela e, se possível, chame o segurança, ela é doida e só pensa em me explorar. Talvez essas coisas não estejam no caderno de notas, mas pouco a pouco a senhora vai tomando conhecimento. Os jornais deverão estar colocados na mesa ao lado do meu café da manhã. Regra principal, não faltar nunca grapefruit no café da manhã. Tratar de procurar nos mercados da vila, fale com o motorista que ele conhece tudo, domina todos os mercados. Começo a trabalhar com a senhora Elisa às dez em ponto. Quero silêncio total, não me interrompa para nada, desligue os telefones. A senhora será meu cão de guarda, não deixe ninguém me perturbar. Espero que possa orientar a cozinheira, gosto de flores na casa, não tenho preferências, mas esteja sempre mudando os arranjos. Raramente recebo, mas quando convido quero tudo impecável. Veja sempre o meu armário, deve estar arrumado por cores, fica mais fácil para me vestir. A senhora deve estar preparada para viajar a qualquer momento e tenha sempre vestidos sociais discretos e elegantes, para isso terá uma verba. Por enquanto é só, não me dirija a palavra, só quando mandar lhe chamar.

O homem falava sem parar.

Retirei-me muito discretamente, mas horrorizada com o temperamento do meu patrão. Balancei a cabeça, fiz uma reverência e fui embora arrasada.

Será que daria conta desse serviço?

Minha sala de refeições era separada dos outros empregados. Depois dessa conversa fui averiguar os ambientes, os jarros de flores, os jogos americanos, as porcelanas, os cristais. Tudo de primeira qualidade. Precisava averiguar se os pratos estavam em perfeito estado, teria de fazer um verdadeiro inventário. Depois, fui ao quarto do patrão e fiquei impressionada com o luxo que encontrei: pijamas de seda, um guarda-roupa impecável, pouca coisa a fazer, era só continuar com a mesma arrumação. Teria de preparar seu banho? Precisava ler aquele caderno com calma. Uma verdadeira bíblia.

Depois fui conhecer a cozinheira, portuguesa muito simpática, juntas teríamos de estudar os menus para toda a semana. Mandei chamar o motorista para combinar o horário em que teríamos que sair para comprar as flores, o famoso grapefuit e tantas coisas mais. Tenho certeza de que saberia dividir o meu dia.

Daria conta?

Um certo desânimo queria me dominar, nunca vira ninguém tão antipático. Eu me pergunto como poderia ser um grande artista, a ponto de contagiar as plateias de todo o mundo? Estava na maior das curiosidades para vê-lo tocar. No dia seguinte, depois de todos os afazeres, e do café da manhã com uma bela rosa enfeitando a bandeja, só faltava mesmo arrumar as flores. Trouxera do mercado flores variadas, lindas, bem primaveris, os arranjos já estavam todos na minha cabeça, mestra em fazer arranjos de flores.

Agora seria meu repouso, dar-me-ia ao luxo de escutar o patrão tocar. Sentei-me na escada, cruzei os braços apoiando a cabeça e fiquei esperando o mestre começar. Não precisava dizer mais nada, o homem podia ser o diabo que fosse, mas um grande artista. Preparava o concerto que tocaria na Filarmônica de Berlim. Ao seu lado, com todas as partituras, Elisa perguntou-lhe por onde queria começar.

Schumann, respondeu ele. Vamos começar pelo primeiro concerto, depois seguiremos em frente. Dedilhou uns acordes, esquentou os dedos e começou a tocar.

Deitei minha cabeça nos braços e fiquei absorvida, esquecendo meus afazeres. Nunca tinha escutado nada igual, não era uma conhecedora profunda de música clássica, mas aquela música me possuía, aqueles sentimentos tão bem guardados desabrochando em meu peito, algo deveria ter muito de especial. Fiquei por momentos completamente enaltecida. O patrão tinha toda razão de ser tão convencido. Como nunca conhecera outros artistas de perto, não sabia que, para alguém ser grande em qualquer coisa, não precisava ser arrogante. Faltava muito para aprender com a vida. Pouco conhecia do ser humano. Ficar escutando o mestre tocar tornou-se um hábito para mim na temporada em que morei naquela casa. Era sagrado não perder aqueles momentos que me levavam à loucura. Resolvi comprar um bom aparelho de som para conviver mais com a música e, pouco a pouco, fui formando minha coleção de clássicos. Agora já comprava livros de música para poder entender melhor e, com o ouvido afinado que Deus me deu, fui me tornando uma expert. Já sabia tudo sobre a vida de Schumann, Clara e Brahms. Ficava até altas horas lendo, queria entender cada vez mais.

Habituei-me com o silêncio do mestre, mas adorava vasculhar seu quarto, abrir as gavetas, namorar seus retratos em audições pelo mundo, segurando a batuta. Pouco a pouco fui ficando completamente apaixonada pelo mestre. Tratava de fazer tudo para agradar-lhe. Pura loucura, era completamente ignorada pelo patrão. Nunca esperei que elogiasse meus arranjos de flores, tampouco os menus que eu escolhia tão cuidadosamente, com Teresa, a cozinheira. Com o motorista corríamos os mercados procurando o que havia de melhor. Todos já me conheciam e os melhores aspargos eram reservados para mim; eu agradecia com um belo sorriso.

"Compre, senhora, veja que pescada maravilhosa, está fresquinha, seu patrão vai adorar." Depois chegava o garoto com as codornas penduradas, caçadas havia pouco. Ficariam para a próxima vez, já estourara o orçamento com as flores. Sem me dar conta, estava adorando meu trabalho e aquelas horas que passava sentada ouvindo o mestre tocar. Uma felicidade única.

Um dia, recebi recado do mestre através de Elisa, que preparasse um jantar para poucas pessoas. Nada mais disse, se era de cerimônia, para amigos, nada. Simplesmente, um jantar para pessoas íntimas.

Tratei com Teresa de fazermos o melhor, fui correndo atrás do garoto das codornas, os aspargos já estavam à minha espera, Teresa faria aquela torta de que o mestre tanto gostava, tarte tatin, uma deliciosa torta de maçã que aprendera a fazer. Escolhi uma belíssima louça, copos combinando, um arranjo de flores do campo. Tudo perfeito. Só tirei uma flor que estava a mais. Quem costumava servir a mesa era o motorista, que, quando entrou na sala de jantar, ficou maravilhado com os arranjos de flores espalhados pela casa.

Quando vi chegarem seus convidados – as mulheres de longo, joias lindas, jovens e perfumadas, os cavaleiros de smoking — eu me contorci de inveja. Usando o meu vestido preto, aquele colarzinho de pérolas, me senti um lixo; fiquei revoltada comigo mesma. Quanta loucura estava passando pela minha cabeça. Afinal, o que estava esperando, que o mestre se apaixonasse por mim? Felizmente ainda podia raciocinar: "Vou pedir minhas contas amanhã, inventar que recebi uma carta de casa avisando que minha mãe não está passando bem." Tudo combinado, inventei essa desculpa para Elisa e para o motorista. No dia seguinte avisaria o patrão.

Não podia haver outra solução. Se ficasse, sofreria horrores. As risadas se escutavam ao longe e o bom vinho corria solto. Depois, foram todos ao escritório para ouvir meu patrão tocar. Seria a última vez em que o ouviria tocar. Fui para o meu canto, inconformada com as lágrimas que me corriam pelo rosto.

— Toque Bach, você é maravilhoso, mas é imbatível quando toca o *O cravo bem temperado* — dizia uma de suas amigas. Mais uma que não sabia, teria muito que aprender.

No dia seguinte, pedi um minuto para falar com o patrão, que já sabia por Elisa que eu teria que partir. Escrevera uma carta de recomendação. Despediu-se friamente. Balancei a cabeça e saí discretamente.

Que horror, quanto sofrimento, pensei que ele diria umas palavrinhas, uns elogios aos meus belos arranjos de flores. Nada, nada mesmo.

O motorista, muito simpático, deixou-me numa pensão em Florença até que conseguisse passagem para voltar. Desejou-me uma boa viagem e as melhoras de minha mãe.

Foi uma boa lição de vida.

Aprendi um bocado, não me arrependo, só fui muito ingênua. Agora, vida que segue.

Quem sabe um emprego por ali mesmo?

"Amanhã procurarei uma agência."

Maria

Maria, jovem, recém-casada, ainda se encontrava em plena adaptação ao casamento. Sentia muita falta da família, da vida de solteira e, principalmente, carregava tristeza, solidão não resolvida. A conselho do marido, que já andava preocupado, resolveu dar umas voltas pela redondeza: "Você precisa se distrair, assim poderá conhecer melhor o nosso bairro", dizia ele carinhosamente.

Maria acatou a ideia do marido e todo dia saía para dar uma voltinha. Pouco a pouco foi conhecendo melhor o local onde morava: as praças, o Palácio do Catete. Descobriu bons endereços, encontrando até onde comprar o melhor pão e a que horas saíam as fornadas, loja de consertos de roupa, de fazendas, e pouco a pouco foi dominando o bairro de Laranjeiras. A vida já não lhe parecia mais tão vazia.

O marido chegava para almoçar à uma em ponto. Henrique sempre a encontrava sentada no escritório e dava-lhe um beijinho na testa. Perguntava pelas novidades, que eram sempre as mesmas. Maria não podia se queixar: tinha duas serviçais impecáveis que vieram da família do marido, gente conhecida do campo, onde os sogros tinham uma estância. Maria pouco se interessava pelo jardim, apesar de ter um roseiral de fazer inveja a muito conhecedor de plantas. O jardim também era enfeitado por mangueiras, e orquídeas eram distribuídas pelas árvores do jardim, mas nada disso interessava a Maria. Pouco ligada à leitura, sem outros interesses, sentia um vazio que lhe cortava a alma. Casara-se pelo simples fato de não ficar solteira. O marido, por sua vez, encontrou em Maria a esposa ideal, bonita, educada, amiga de sua irmã — pensou logo que daria uma boa esposa e, sem dúvida, uma ótima mãe. Henrique era um sujeito prático, sem muitas emoções.

Em um de seus passeios matinais, Maria se deparou com uma loja bem interessante, vitrine chamativa: objetos caseiros, móveis antigos, taça de chá e um guardanapo jogado displicentemente em cima de uma mesa de centro, tudo com muita elegância e simplicidade. Resolveu entrar por pura curiosidade.

A verdade é que Maria nunca deveria ter entrado nessa loja. Lá encontraria o pecado. Mal deu o primeiro passo, seus olhos ficaram vidrados na beleza de um cavalheiro que veio ao seu encontro.

— A senhorita deseja alguma coisa? Temos uma grande variedade de objetos, algumas antiguidades, listas de casamentos, fique à vontade. Se precisar é só me chamar.

Maria, tímida, olhos lânguidos, mal sabia o que falar. Depois de algum tempo, respondeu que estava procurando um bule de café, um bule pequeno, acabara de se casar e só havia recebido serviços de chá imponentes. Queria um bule simples, menor, para uso diário.

— A senhora me desculpe tê-la chamado de senhorita, mas tão jovem, já casada.

A conversa foi se desenvolvendo, fizeram as apresentações, e a pobre Maria foi ficando cada vez mais enfeitiçada pela beleza do dono da loja. Uma sensação que lhe era completamente desconhecida.

Depois de procurar pelas prateleiras, o senhor Antonio finalmente encontrou o bule simples, pequeno, que Maria havia pedido.

— Aqui está, tenho certeza de que o tamanho é esse mesmo.

— Que sorte o senhor ter encontrado, justamente o que está me fazendo falta.

Quando fez menção de abrir a bolsa, o senhor Antonio ofereceu-lhe sua primeira compra como presente da casa:

— Assim a senhora Maria me dará o prazer de voltar aqui outras vezes. Chamou a vendedora e mandou que fizesse um bonito embrulho para presente.

Maria saiu da loja trocando as pernas, mal sabia que lado da rua seguir, se voltava para casa ou se tomaria um cafezinho ali por perto. Nunca na vida havia sentido nada parecido. Que homem sedutor. Já não sabia mais o que pensar. O mal lhe corroía o coração. Saiu da loja sonhando em quando poderia voltar. Passados alguns dias, a pobre Maria sofria quando passava em frente à loja, mas não tinha coragem de entrar, dava duas voltas e logo fugia para casa.

Em compensação, seu marido nunca fora tão bem tratado. Suas camisas, antes de serem guardadas no armário, eram inspecionadas, não deixava passar um colarinho que não estivesse impecavelmente engomado — goma rala, nada de coisa dura para não incomodar o pescoço de Henrique, os sapatos brilhavam, as gravatas enroladas e separadas por cores nas gavetas, os ternos escovados e passados sem brilho. Preocupava-se com os menus, que variavam — nunca se repetia a mesma sopa na semana. Henrique, maravilhado com tanto desvelo, enamorou-se perdidamente pela mulher. Na cama os carinhos já eram outros, a procurava sempre e a lingerie do enxoval saía toda das caixas, cada dia uma camisola mais bonita, até a famosa camisola preta fez sucesso. Mas tudo isso ela fazia com grande sacrifício. Antonio não lhe saía da cabeça, só pensava quando teria coragem para voltar à loja.

Um dia não aguentou, a vontade de rever aquele homem era imensa. Caprichou, vestiu-se com o que tinha de mais bonito, não se esqueceu do seu perfume preferido, Maria gostava de aromas suaves. Antes de sair, olhou-se mil vezes no espelho e, só depois de muito pensar, tomou coragem e saiu. O coração batia forte, ela chegava a tremer de medo e desejo ao mesmo tempo. Pelo caminho, o pensamento borbulhava, era muita emoção. Abriu a porta da loja sem antes ter olhado a vitrine que estava belíssima. Antonio, quando a viu entrar, sentiu um calafrio subindo-lhe pelo corpo. Homem conquistador, já esperava por essa. Quando se cumprimentaram, deram-se as mãos, o choque do desejo, do amor proibido. Antonio logo se sentiu fisgado por essa mulher. Segurando-lhe as mãos, face a face, emudecido, tomou-a pelos braços e a beijou, beijos deliciosos que a deixaram enlouquecida de amor. Ficaram assim por muito tempo até que ouviram os passos da vendedora.

— Senhora Maria, disse-lhe Antonio, gostaria de lhe mostrar uns móveis pequenos e delicados que acabaram de chegar. Estão aqui no andar de baixo.

Desceram as escadas e, quando finalmente chegaram à sala onde guardava os móveis, beijou-a apaixonadamente mais uma vez. Maria já se encontrava perdida de amor. Depois, veio-lhe uma vergonha imensa dessa explosão de sentimentos que não conseguia conter. Com muito custo, criou forças para se separar dos seus braços, ajeitou os cabelos e partiu sem lhe dizer uma só palavra. A pobre Maria não sabia se chorava de alegria ou de tristeza em ter que voltar para casa, esperar Henrique, seguir todo aquele ritual. Ao chegar, foi direto para o banheiro, tirou as roupas, abriu as torneiras do chuveiro e deixou a água lavar todo aquele frenesi, todo aquele amor que estava grudado em seu corpo.

Maria ficou de cama por muitos dias, mal podia falar, de tanto remorso. O amor lhe feria a alma, não sabia como conter o desejo e, ao mesmo tempo, sabia-o impossível. Tudo isso a deixava enlouquecida.

Henrique, sem entender o que estava acontecendo, pensou logo no pior. Maria pegou o famoso vírus que andava circulando pela cidade ou, então, impaludismo. O médico, que foi chamado às pressas, não conseguia diagnosticar a doença da pobre senhora que ardia em febre. As duas empregadas não saíam do seu lado. Como seus pais moravam em outra cidade, Henrique não queria assustá-los. Com o tempo, Maria foi conseguindo livrar-se desse pesadelo, já conseguia comer na sala de refeições. Henrique, feliz, segurava-lhe a mão e, embevecido, olhava para seus olhos lânguidos, que o deixavam louco de paixão. Tudo foi voltando ao normal.

Maria passou a caminhar por aleias diferentes: conhecia a Praça Paris em todo o seu esplendor, e depois, já cansada, voltava para esperar Henrique. Os cuidados com as roupas do marido se multiplicavam, alfazema nos armários, nas gavetas, flores por toda a casa, sempre frescas, orvalhadas. Nada disso preenchia o vácuo que sentia nas entranhas, os beijos de Antonio ainda lhe queimavam os lábios.

Só depois veio a saber que Antonio tinha família. Um belo dia, passando por perto da loja, viu ao longe Antonio segurando a mão de uma criança com uma mulher ao seu lado. Voltou para casa desconsolada, já sabendo que aquela paixão não poderia ter um final feliz. Havia sido uma tonta em ter se casado com Henrique. Namoro rápido, pura precipitação. Nunca fora apaixonada por ele. Culpava os pais pela educação atrasada, não souberam prepará-la para a vida. Resolveu então que, para escapar dessa paixão, voltaria para casa, passaria uma temporada longe do marido, e depois criaria forças para voltar. Pediu então, com carinho, que Henrique a deixasse ir por uns dias visitar os pais, tinha certeza de que essa visita lhe faria bem. Henrique, que nada sabia negar à mulher, mesmo com muita tristeza logo mandou providenciar a viagem.

Ao chegar, tudo fora novidade. E ela queria encontrar as amigas, algumas já casadas, grávidas, para seu espanto.

Henrique se esmerava enviando-lhe cartas apaixonadas, sentia sua falta. Maria respondia, mas não com certa frequência.

Aos poucos foi achando a cidade de Ribeirão muito monótona e atrasada. Afinal, o Rio era a capital. Getúlio Vargas dominando a política, e muito amigo dos pais de Henrique. Certa vez fora ao Palácio do Catete para uma festa muito bonita. O presidente e dona Darcy, a primeira-dama, ofereceram um Garden Party em prol dos Pequenos Jornaleiros. Maria gostava de contar essas histórias para os pais. Mas nem todos os dias havia festa no Palácio, e ela tinha mesmo que se conformar com sua vida de casada. Henrique gostava de ficar em casa, ouvindo música, lendo os jornais da tarde e saboreando a companhia da mulher. Nunca soube que os pensamentos de Maria andavam longe.

Um dia, na volta do trabalho, Henrique, abrindo a correspondência, encontrou um convite para uma exposição de móveis antigos. O convite vinha no nome de Maria: Senhora Maria Cardoso. Achou profundamente estranho, ela nunca lhe falara nessa galeria e muito menos nesse senhor Antonio Prazeres que a convidava. "Conto com a sua presença, vai ficar encantada com os móveis que recebi de Portugal", dizia o cartão.

Quanta intimidade. O que estaria acontecendo? Nunca passou por sua cabeça que Maria tivesse segredos para ele. Resolveu que iria à exposição e nada falaria para Maria nas cartas.

Maria passou a estranhar que as cartas de Henrique começaram a rarear. Quando abria a caixa de correspondência nada encontrava. Passou a ficar desconfiada, "Será que Henrique descobriu alguma coisa?" Ele não podia ler seus pensamentos. Fora uma esposa maravilhosa, tudo fazia para deixá-lo feliz.

Mas o destino... E Henrique foi à exposição. Quando apresentado ao senhor Prazeres, logo percebeu que a mulher tinha caído de amores por esse indivíduo com cara de cigano. Saiu dali bufando, os chifres lhe subiam na cabeça. Os olhos faiscavam ódio, daria um jeito, mas não perderia a mulher de forma alguma. Passou a noite em claro, mas não perdeu tempo, logo decidiu que pediria ao Banco do Brasil sua transferência para São Paulo. Seus pais, grandes amigos do presidente Vargas, trataram de arranjar tudo o mais breve possível. Henrique foi a São Paulo, alugou um belo apartamento nos Jardins, fez a mudança da casa, com as duas empregadas, que eram de confiança. Os pertences de Maria foram arrumados e guardados com carinho nos armários do quarto principal.

Henrique, aliviado, marcou sua ida a Ribeirão Preto. Antes, mandou um telegrama carinhoso para Maria avisando a hora em que estaria chegando, cheio de novidades.

Maria não via a hora de o avião chegar. Preparou-se com grande antecedência, curiosa para saber o que Henrique teria para contar-lhe. Aflitíssima, esperava Henrique. Os pais não desconfiavam de nada. A chegada foi cheia de abraços, beijos, e ele só lhe diria as notícias quando chegasse à casa dos seus pais.

Maria só foi saber da verdade na hora do jantar. Claro que Henrique não contou que precisou do pistolão dos pais junto ao presidente para ser transferido para São Paulo. Os pais de Maria ficaram encantados. Logo, o genro acabaria presidente do Banco do Brasil.

Henrique e Maria, felizes e de mãos dadas, foram para o quarto como dois pombinhos. Ela, aliviada em ter se livrado do problema Antonio; Henrique, vitorioso por ter conseguido livrar a mulher das garras do cigano.

Até quando serão felizes, não sei.

Afonso

Era um cara estranho, todos sabiam que havia escolhido a carreira errada. Nada condizia com seu modo de vida simples, sua falta de elegância. Costumava responder a qualquer pergunta, como se não estivesse de acordo, rispidamente. Assim era Afonso: simples, sem nenhuma sofisticação. Compensava com sua inteligência, sua maneira lúcida de encontrar uma saída para qualquer problema político e diplomático. Formou--se com excelentes notas, destacando-se como primeiro da turma. Os colegas não se conformaram e foi uma surpresa: Afonso saiu-se brilhantemente e recebeu como prêmio passar seis meses na embaixada mais importante, Washington. Seus amigos mais íntimos ficaram preocupados. Afonso serviria com o embaixador mais importante da carreira, conhecido por sua inteligência e impecável elegância.

Teria que embarcar o mais rápido possível. O primeiro--secretário encontrava-se afastado com problemas de saúde e pediam um reforço de categoria. Ele seria o indicado perfeito.

A política americana fervia com ideias abusivas, reacionárias, do senador McCarthy. Vários intelectuais brasileiros encontravam-se na lista negra do senador.

Conseguiu emprestado um sobretudo e, quando se viu com seu passaporte diplomático, comprou passagem e se pôs a caminho. Não era só inteligente, era esperto. Marcou sua ida sem avisar o dia da chegada à embaixada em Washington. Melhor do que ninguém, sabia que estava precisando fazer compras. O ministério dava ao diplomata uma pequena ajuda de custo para cobrir passagem, hotel e despesas pessoais. Teve a sorte de sentar-se no avião ao lado de uma americana muito fina e elegante. Fez-lhe logo perguntas e recebeu as melhores dicas dos melhores endereços das lojas em Washington. Ele sabia que não podia apresentar-se na embaixada com seu guarda-roupa modesto, provinciano, de estudante pobre. Afonso era superior a essas elegâncias supérfluas, mas sabia que tinha de mudar o seu modo de viver. Faria uma experiência; caso o sacrifício fosse grande, abandonaria a carreira. Procuraria trabalho numa banca de advocacia. Teria que enfrentar esse desafio. Não perdeu tempo.

Logo que chegou, dirigiu-se às lojas indicadas por Nancy, sua companheira de viagem. Comprou o necessário: o famoso terno de flanela cinza, bonitas camisas sem bolso, muito mais elegantes, punhos para abotoaduras, meias de cano longo, sapato preto inglês. Enfim, Afonso chegou simples e saiu da loja um verdadeiro dândi. Mas nada disso ainda havia influenciado na sua personalidade. Achou-se elegante com as novas roupas, gravata de crochê bordô e lenço no bolso combinando. Precisava de um relógio, não podia apresentar-se com aquele. Na própria loja, com a ajuda da vendedora, escolheu um muito bonito, com pulseira de couro e plaqueado a ouro, um verdadeiro Piaget que estava em promoção. Mal sabia Afonso que começava sua degradação muito antes de chegar à embaixada, encontrar os novos colegas e o famoso embaixador. Afonso pensava que já estava preparado para enfrentar aquela "máfia da Rua Larga". Ainda lhe faltariam muitos anos de convivência, de abertura, para recuperar sua verdadeira estima, sua forma de ser, e não a forma como os colegas exigiam. Afinal, ele fora o primeiro da turma, dominava a nova abertura política e econômica das Américas, mas nada disso parecia ser suficiente. Ao chegar à chancelaria pouco a pouco foi conhecendo os colegas, levado ao ministro, para depois chegar à sala do embaixador. Inteligente e perspicaz, foi adquirindo paciência para escutar as baboseiras dos colegas, que adoravam contar histórias e gafes ocorridas entre eles: o monsieur Vendredi, por exemplo, que se esqueceu de ir ao jantar de uma socialite na sexta-feira e acabou ganhando o apelido. Eles riam e debochavam do monsieur Vendredi, cada um tinha uma história mais estapafúrdia para contar. Apesar de serem rapazes inteligentes, cultos e preparados, ficavam presos a essas miudezas, como se não tivessem outra vida.

Afonso brilhava a tal ponto que foi escolhido pelo embaixador para resolver os vistos negados a vários escritores brasileiros. O embaixador ficou admirado com a destreza de Afonso, que se saía muito bem em todas as suas tarefas. Reservado e observador, Afonso sem perceber foi mudando. Adaptou-se ao novo trabalho, à nova maneira de vestir-se. Continuou amigo de Nancy, que por sinal ficou impressionada com a transformação do seu parceiro de viagem. Nunca imaginou que aqueles endereços pudessem ter mudado tanto o rapaz que fizera aquela viagem com ela. Quem diria? Até as suas conversas tornaram-se mais sofisticadas.

Ficou com um pouco de pena. O amigo perdera aquele ar ingênuo romântico.

As aparências enganam

Antes mesmo que começasse o interrogatório, Lucia, resignada, calma, tratava de contar sua história:

— Não sou invejosa, não sou mesmo não, mas o sucesso de Marta me incomodava. Ela sempre fora minha amiga. Quando jovem, vivia se envolvendo em polêmicas, depois tomava partido sem nunca saber do que se tratava. Uma ingênua com muita fé na humanidade. Menina boa, capaz de tirar a roupa do corpo para dar a quem lhe pedisse ajuda. Nunca fora bonita, não ligava a mínima para a sua aparência; precisava de trato, vestir-se melhor, cuidar dos cabelos e, principalmente, dos pés. Eu não suportava olhar para aqueles pés calejados, unhas grandes, sujas, arrastando aquelas sandálias horrorosas que pareciam se desfazer. Colegas de turma desde o primário, seguimos amigas até hoje. Desde garota, chegava ao colégio como se estivesse saindo da cama. Quando era chamada, repreendida, respondia: "Não ligo para essas futilidades." Quantas vezes tentei explicar-lhe que isso não era futilidade.

"Higiene, Marta... cuidar da sua aparência não tem nada a ver com futilidade."

Lucia continuava seu relato, sem parar nem para tomar um copo d'água.

— Minha amiga seguiu a vida à sua maneira e acabou tornando-se conhecida como uma grande matemática. Ganhou fama, dinheiro, mas nunca mudou a maneira de ser. Depois de formada, com o canudo debaixo do braço, já não andava mais desgrenhada nem calçando aquelas sandálias horrorosas. Verdade seja dita, creia-me, não estou sendo invejosa, só quero mostrar que nada disso impediu seu sucesso. Hoje em dia ainda se veste bem à vontade: gosta de carregar uma bolsa de couro enorme, sempre de camiseta (só faz variar de cor), um blusão por cima das calças, sandálias confortáveis. E sai feliz. Gosto de aparecer em sua casa, sinto-me bem recebida. Começamos e acabamos nossos encontros sentadas à mesa da cozinha bebendo cerveja, e eu, para variar, falando, falando, sem parar. Marta tem uma paciência infinita para escutar todos os meus problemas sentimentais nunca solucionados. Segue com atenção, mesmo se eu estiver repetindo as mesmas coisas. Muito perspicaz, como boa matemática encontra sempre solução prática, uma saída para que possa me desvencilhar das teias que crio ao meu redor. Como vocês estão percebendo, sou completamente diferente de Marta. Faço questão de caprichar na minha aparência, saio sempre bem penteada, me visto na moda, nem que para isso tenha que frequentar todos os brechós da cidade. Sou elegante. Incrível que nada disso me levou para a frente. Imaginem que nunca consegui um bom emprego ou um namorado que valesse a pena. Apesar de formada em Economia, acabei trabalhando numa firma de material de construção sem muita importância. Meus companheiros de trabalho, tacanhos, não se interessam por nada. Quando os convido para fazer um programa diferente, encontro sempre uma resposta negativa, vivem cansados, querem chegar logo em casa para ver novela e depois dormir. Graças ao bom Deus, tenho minha amiga Marta. Um dia, passamos da hora, o filme que estávamos vendo terminou muito tarde. Depois de muita conversa, decidimos que era melhor eu ficar para dormir. Marta tem um quarto preparado para receber seus parentes do Norte. Como adorei dormir naquela cama confortável, enrolada numa coberta fofa de crochê azul. Sonhei muito, sonhei que morava naquela casa, que me chamava Marta, matemática de sucesso, e com muito dinheiro no banco. Quando acordei, já encontrei meu café preparado junto com um bilhete: "Amiga, precisei partir, tenho várias estatísticas para apresentar que ainda não terminei. Fique à vontade. Marta." Eu não conseguia entender que aquele sonho não era real, e me perguntava: "Por que ela, e não eu, tinha tido tanta sorte?" Revoltante. Sou inteligente, preparada, fui uma das primeiras da turma e mal tenho dinheiro para pagar o condomínio por causa daquele emprego sem futuro. Uma inveja enorme foi se apossando de mim. Pensei até em matar Marta, esconderia seu cadáver e eu me passaria por ela. Pediria licença do trabalho e aí... caí na real. Surtei, sabe? Surtei. Que horror, como podiam passar pela minha cabeça esses desejos mórbidos com tanta maldade? Revoltada, comecei a quebrar tudo que via pela frente. Foi um horror. Fiz tanto barulho que os vizinhos começaram a bater na porta e foi aí que o porteiro apareceu e abriu o apartamento com uma chave mestra. Fiquem certos de uma coisa, foi só uma inveja passageira. O porteiro me conhecia, não precisava ter chamado a polícia. Acho que passou da medida. Todos que estavam na sala escutavam atentamente o relato de Lucia. A infeliz continuava a falar sem parar:

— Nem tive coragem de tomar aquele café que fora preparado com tanto carinho. Agora já sei o que vou fazer, podem ficar tranquilos, nunca mais isso vai acontecer. Já cheguei a uma solução. Ficarei sem ver Marta por algum tempo; mas antes disso, pedirei uma licença do meu trabalho para batalhar, encontrar outro emprego, um emprego à minha altura. Tenho certeza de que vou conseguir. Me precipitei aceitando aquela primeira oferta. Fui mesmo uma tola, ter-me acomodado tanto tempo naquele emprego idiota. E o mais importante, fiquem certos de uma coisa: as aparências enganam.

E, assim, Lucia, depois de muito falar, da garganta seca, deixou a delegacia acompanhada por dois enfermeiros que a enfiaram dentro de uma ambulância em direção ao Pinel.

Silvia e Sergio

Só fazia vinte e quatro horas que Ligia havia morrido. Finalmente Sergio e Silvia estavam sós. Muito chocado com toda aquela tragédia, Sergio não conseguiu trocar duas palavras com Silvia, retirou-se e foi fazer uma sauna. Silvia, muito triste, preferiu uma xícara de chá. Enquanto a água fervia, foi imergindo em sua imensa solidão. Tudo em volta a fazia se lembrar das amigas. Quantas vezes nas férias passadas em Petrópolis sentavam-se ao redor dessa mesa e ficavam conversando, saboreando o famoso bolo de laranja de tia Lila — era um verdadeiro confessionário, nada escondiam umas das outras. Foi por isso que trouxe a mesa da casa de tia Lila. Foram muitas recordações, muitas alegrias, muitas tristezas que se passaram em volta dessa mesa. Tomando o chá aos pouquinhos, com o bule predileto da tia na sua frente, só faltava aparecer o fantasma dela trazendo todas as manias, os ódios, seus falsos valores, sua frigidez, que a acompanharam por toda a vida. Como foi possível ter absorvido toda a loucura, não ter percebido que a tia, em troca de presentes, viagens, a tinha ludibriado e afastado dos pais?

Ela sabia, melhor do que ninguém, que Sergio não a queria mais. A carta de Ligia apenas havia revelado uma verdade. Havia quanto tempo não faziam amor, nem o calor do corpo do marido lhe fazia mais falta, bastava um comprimido para dormir, deitar a cabeça nos travesseiros e esperar pelo sono. Sergio já vinha para a cama cansado dos programas que Silvia havia organizado. Nunca mais o casal encontrara um tempo para conversar, um tempo só para eles.

Levantou-se e foi apagar as luzes das salas, olhou para tudo aquilo, para toda aquela beleza, como se fosse a primeira e a última vez.

Ao menos a carta de Ligia havia servido para alguma coisa. Ainda era jovem, poderia recomeçar, aprender a viver.

Por que só agora via tudo tão claro? Quem sabe poderia tentar se corrigir? Faria uma mala e colocaria apenas o necessário. Nunca mais queria ver aquele apartamento. Aquelas coleções de porcelanas, toda aquela parafernália que havia herdado da tia e que tomara conta de sua vida. A verdade é que nunca quis enfrentar o fracasso do seu casamento.

Depois do enterro de Ligia, a primeira coisa que faria seria aproximar-se dos pais; sabia que sempre a amaram, eram tão simples, tão equilibrados que saberiam perdoá-la. Faria o possível para viver sem Sergio e sem o fantasma de tia Lila, que fazia muito já devia estar esperando que ela tomasse essa atitude.

A moça do vestido azul

Gostei de ver aquela mulher de vestido azul. Vinha carregada de sacolas procurando por um táxi. Chamou minha atenção: cabelos soltos, olhos lindos, perdidos, marejados, tristes? Fiquei logo imaginando uma história com aquela moça. Seria ótima para o personagem que estava procurando. Encaixaria perfeitamente. Estava hipnotizado por aquela mulher que acabava de entrar em minha vida. Pernas longas, vestido bem curto, rápida, devia estar carregando sacolas com presentes de Natal. Por que não? Até daria uma ótima foto, aquelas pernas no ar, ela segurando o chapéu na cabeça e sacolas na outra. A capa da revista ficaria linda. Ela com o mesmo vestido azul, saindo de uma loja chique, rua movimentada, as sacolas seriam das lojas que pagariam uma fortuna para saírem na capa da revista mais importante de modas. Consegui, na hora em que entrava no táxi, dizer-lhe, rapidamente, da minha agência de modelos e entregar-lhe meu cartão. Sorriu, os olhos, de perto, bem pretinhos. Ela não estava triste, foi só uma impressão, olhos marejados pela luz que batia em seu rosto. Agora, esperar pelo seu telefonema. Logo eu, considerado um misógino, que nunca tivera uma namorada. E andava até preocupado com a minha falta de interesse pelas mulheres.

Fiquei feliz ao sentir que estava encantado com a moça do vestido azul. Ela não saía da minha cabeça. Esperava pacientemente que respondesse ao meu cartão. Quando recebi a ligação, fiquei aflito, não sabia o que responder. Aguardaria encontrá-la em minha agência no dia seguinte às dez em ponto.

A moça do vestido azul finalmente chegou à minha sala. Fiquei extasiado com sua presença. E a conversa foi fluindo. Ela concordou com a proposta e todas as minhas recomendações: chegar na hora certa, trazer sempre o mesmo vestido azul e principalmente ter paciência com os fotógrafos, que eram muito exigentes. O primeiro ensaio foi um sucesso: com as sacolas de compras das butiques mais chiques do Rio. Ela estava linda, a mesma menina simples que conheci. Nada de exageros na maquiagem, uma garota normal. Aquelas modelos sofisticadas, exageradamente maquiadas, sempre muito magras, fazendo caras e bocas, já não davam mais. Queria apenas uma garota bonita, com quem qualquer mulher, vendo a capa da revista, poderia identificar-se. Ela viria andando carregada de sacolas, os cabelos soltos esvoaçando, e esperava um táxi. Só teria de escolher um local charmoso de Ipanema; quem sabe, ali perto da loja do Chicô Gouveia. Aquela rua era chique, e foi por ali que começamos.

Eu a aguardava ansioso e a encaminhei para o estúdio onde estavam fazendo as fotos. Os amigos acharam estranho esse meu interesse pela moça, chegavam até a fazer chacotas: "Estamos gostando de ver teu interesse, Eduardo, apenas precisa ser mais discreto." Eu também achava graça do meu entusiasmo, sentimento tão novo para mim, mas tão gostoso.

Uma tarde, quando Beatriz terminou a primeira sessão de fotos, ela, distraída, olhava o panorama desorganizado do estúdio. Cheguei por trás e discretamente peguei-lhe os cabelos, que eram lindos; depois, segurando-a pelos ombros, a virei e ficamos cara a cara. Não conseguia soltar-lhe os ombros, olhando-a apaixonadamente. E dizia baixinho: "Beatriz, você é linda, já não penso em mais nada, só em você." Quando fiz menção em beijá-la, Beatriz, muito discretamente, sem afastar-se, disse carinhosamente: "Eduardo, nem sei como dizer-lhe, eu já estou comprometida, vivo com *Marie* há muitos anos e somos muito felizes. Você é um cara moderno e tenho certeza de que não ficará chocado. Gosto muito de você como amigo, tenho prazer de estar ao seu lado, sinto-me protegida, mas é só, Eduardo." Fiquei nocauteado, mas aguentei firme, assim mesmo quis beijá-la, seria meu primeiro beijo. Beatriz não recusou o beijo, nos abraçamos e tudo terminou da melhor maneira.

Olha, eu nem sei o que dizer. Não estava seguro da minha sexualidade, encontro a mulher da minha vida, e ela gosta de outra mulher.

Coisas da vida, não é mesmo?

A fila

Maria estava sem coragem de enfrentar a fila do ônibus. De tão cansada, pensou se não valeria a pena dormir na casa da patroa. Que desânimo. Dona Mercedes desejaria ser servida à noite e acordar com o café da manhã já preparado. Seria pior, teria mesmo que cair na real, buscar coragem e forças para esperar o ônibus, que já chegava superlotado. Pensou logo nas suas obrigações de dona de casa, geladeira vazia, precisava encher as panelas de comida, lavar a roupa da semana que já andava acumulada. Tinha que seguir em frente.

Quando se lembrava da existência de Isaldino, sentia vontade de arrancar os cabelos: "Aquele traste não vale nada", pensava Maria. "Todo dia tem uma desculpa mais mentirosa que a outra." O que lhe faltava era coragem para botá-lo na porta da rua; ela sabia que sentiria falta do seu sexo, do seu calor na cama.

"Sou uma desavergonhada, suportar um cara desses só pra fazer sacanagem. Agora, nem isso mais, virou um frouxo, não serve mais para nada", ela pensava.

Com a bebida, Isaldino perdera completamente o interesse pelo amor.

Assim como Maria, muitas outras Marias voltam para casa todos os dias exaustas, desanimadas com o que irão encontrar pela frente. A nossa Maria está à beira de um esgotamento nervoso, precisa encontrar forças para trabalhar dobrado e sustentar a família. O marido, Isaldino, malandro convicto, vive embriagado e, como não tem dinheiro para pagar as contas do bar, é obrigado a aceitar qualquer trabalho sujo para pagar as dívidas. Maria sabia que iria encontrar o filho grudado na televisão, deveres por fazer, e seu marido jogado na cama babando a colcha, completamente apagado. Por isso estava sem coragem de voltar para casa. Mas dessa vez resolveu que botaria o cara na rua e tomaria vergonha. Estava decidida, mandaria o filho para a casa da mãe.

Tinha certeza de que contaria com a ajuda da mãe, ela ficaria feliz, sempre teve pavor da influência dos bandidos da favela junto ao neto. Depois, era só colocar mais água no feijão.

Enquanto o ônibus superlotado sacolejava seu corpo exaurido, Maria organizava as ideias. Depois de uma hora chegou a Caxias, mas antes de ir para casa teria de passar no supermercado e fazer compras.

Esgotada, só pensava em morrer. Dizem que é tão bom lá em cima, escutou na televisão outro dia, sairia voando, passando por túneis até encontrar uma luz maravilhosa que viria recebê-la. Que maravilha, estaria livre da pobreza, do Isaldino, só sentiria falta do filho. Tinha certeza, a mãe estaria cuidando dele muito bem. Não seria bandido de favela.

Maria vai passando pelas prateleiras do mercado, tudo caríssimo, se dá conta de que não tem dinheiro para pagar as compras. Bem na sua frente, na sessão de limpeza, o pacote de raticida granulado lhe chama atenção. Desesperada, não vê outra solução: estava ali a resposta para o seu sofrimento. Pegou o veneno, colocou na cesta. Foi para a primeira caixa que encontrou e pagou as compras com o pouco dinheiro que lhe restava.

Maria teve sorte.

Saindo do mercado encontra uma confusão dos diabos, muita gente correndo, todos apavorados, é bandido e polícia para todo lado atirando, acabaram de assaltar uma loja. Uma bala perdida pega Maria, que cai na calçada ensanguentada, arregala os olhos, não sente dor, mas vê um túnel que se aproxima. Escuta alguém a chamando, não responde, não quer voltar. Vai encontrar finalmente o paraíso.

Barcelona

Caro Ângelo, estou terrivelmente em falta com você. Minha guia, por sinal um encanto de criatura, não me dá trégua. É muita coisa para ver. Visitar museus e conhecer os arredores de Barcelona. Outro dia, quando vagava pelas ruas, em dado momento meu olhar se fixou no balcão onde uma bandeira balançava livremente ao lado de uma bicicleta. Vou andando e mais bandeiras vão aparecendo. Barcelona e suas bandeiras. Fiquei curioso. "São bandeiras separatistas", me informou Miriam. Tenho vontade de possuir uma bandeira dessas. Não sou catalão, mas fiquei emocionado vendo essas bandeiras tremulando, livres, em vários balcões de Barcelona. Seria eu livre?

Foi uma sorte o nosso representante ter-me indicado Miriam, uma excelente guia que, além de bonita, está me ajudando a abrir portas. A Companhia nos colocou um carro à disposição. Ela mesma vai dirigindo e se desdobrando para que conheçamos Barcelona.

Meu amigo, minha ignorância é constrangedora. Se não fosse Miriam uma criatura compreensiva, estaria morto de vergonha. E ela me dá força e coragem para que lhe faça mil perguntas. Que educação mais idiota me deram. O fazer dinheiro lá em casa passava, e passa ainda, na frente de tudo. Sinto uma vontade imensa de saber mais sobre o que estou conhecendo. Fiquei um tempão no museu Picasso, admirando as meninas de Velásquez. Picasso fez centenas de quadros inspirado no famoso quadro de Velásquez. Foi aí que percebi que sou um cara sensível às artes. Assessorado por Miriam, passei horas maravilhosas contemplando os detalhes dos quadros. Que sorte ter encontrado essa mulher. Quando voltar ao Brasil, quero entrar num curso de História da Arte, alguma coisa para me tirar dessa mesmice, desse torpor intelectual. Você não vai me aguentar quando chegar por aí, falando do Gaudi e de tudo que estou aprendendo.

Mudei, você não vai mais me reconhecer, chega de baladas.

Volto pela Ibéria na próxima segunda-feira.

Abraços,

Clemente

* * *

Ângelo, ao ler o e-mail de Clemente, pôs-se a rir. Será mesmo verdade? De tão curioso, resolveu esperar Clemente no aeroporto. Sabia que ele tinha sido obrigado pelo pai a deixar o Rio depois do escândalo Marion. Essa fora mais uma história de mulheres no currículo de Clemente. Barcelona teria sido sua última esperança, último teste para saber se continuaria trabalhando na empresa do pai.

Ângelo, ao chegar ao Galeão, ficou horrorizado com a bagunça que encontrou, era tapume por todo lado. Como a prefeitura se organizaria e deixaria tudo pronto para as Olimpíadas? Impossível, não podia acreditar que os políticos tivessem capacidade para resolver toda essa bagunça. Que roubem, mas que façam alguma coisa.

Ângelo era do tipo que só sabia reclamar, nada fazia de útil para a sociedade, só pensava em divertir-se, um verdadeiro parasita. Agora só queria saber se era mesmo verdade o que diziam os e-mails. Apavorado de perder as mordomias do amigo, fazia de tudo para agradar-lhe. Ficavam os dois até altas horas nos bares farreando, e depois Ângelo tinha por hábito levar Clemente quase desacordado para casa. Era um capacho, péssimo elemento, essa a verdade.

Não precisou esperar muito, logo despontava Clemente ao lado de uma belíssima moça que, pela descrição, só poderia ser a famosa guia. "Canalha, resolveu trazer a guia a tiracolo. Vamos ver se mudou mesmo", pensou Ângelo.

Clemente, feliz ao ver o amigo, foi logo fazendo as apresentações.

— Vamos, vamos levar Miriam para conhecer as belezas do Rio de Janeiro.

Clemente mal chegou ao Rio e já sentiu uma vontade desesperada de contar seus planos para o pai. Tinha certeza de que ele ficaria orgulhoso com a sua vontade de mudar de vida.

Daria uma volta com Miriam, depois pediria a Ângelo para ocupar-se dela. Naturalmente, teria que rechear a mão do amigo, que, sem dinheiro, não faria nada. Também precisava mais do que nunca ajustar as contas com o pai. Não podia continuar mais com aquela vida de boêmio, aquilo o estava destruindo. Barcelona tinha sido para ele um bálsamo, um acontecimento de extrema importância. Aquele povo, que lutava para sobreviver de uma crise braba que passava pela Europa, tinha uma dignidade que lhe dava vergonha. Ele, sustentado pelo pai, formado em advocacia, nunca exercera sua profissão. Precisou conhecer Miriam para cair na realidade. Faltava-lhe ambição, ser alguém. Estava decidido, voltaria com ela para Barcelona e, de lá, tomaria um rumo na vida. Não podia deixar passar esse momento. Quando voltasse das suas andanças pela Europa, conheceria seu Brasil, e, quem sabe, Miriam não aceitaria o convite? Estava decidido. O pai, ao ouvir suas conversas, achou uma maravilha. Quando quisesse voltar, as portas lhe estariam abertas.

* * *

Miriam, guia experiente, sabia viajar. Trazia uma pequena valise, o necessário para passar uma semana. A princípio relutou a aceitar o convite de Clemente, mas não resistiu ao charme do rapaz, apesar de manterem apenas uma amizade. A guia ficou encantada com a curiosidade de Clemente, em estar descobrindo outro lado de sua vida, e ela contribuindo. Logo ficaram amigos. Durante os dez dias que passaram em Barcelona, viam-se todos os dias: fizeram o tour Gaudi, a fundação Miró, o museu Picasso, o passeio a Figueres, Girona, tudo fotografado.

Ele fazia o tipo encantador que toda mulher gostaria de ter como companheiro, e foi assim que Miriam acabou aceitando o convite para vir conhecer o Rio de Janeiro, que já admirava através das músicas de Tom Jobim, Vinicius e João Gilberto. Foram dez dias maravilhosos que passaram muito rápido. No Rio só foi conhecer a família de Clemente praticamente quando estava para voltar. Foi convidada para um jantar formal no tal apartamento que Clemente já havia descrito. E ele logo avisou: "Não pergunte nem o nome dos pintores, eles só fizeram pagar as contas aos decoradores." Realmente, tudo combinava com as almofadas, os objetos bem colocados, uma decoração impecável.

Apesar da boa vida que passou no Rio, Miriam não via o momento de voltar para Barcelona. Estava apavorada de perder seu emprego. Com a Espanha em crise, não seria nada fácil encontrar outro, e uma das coisas que sabia fazer muito bem e com amor era o seu trabalho.

A amizade com Clemente não progrediu, ficaram simplesmente bons amigos. E Ângelo, sempre por perto, não os deixava um minuto, queria estar sempre presente em todos os programas. Logo acabou desconfiada, algo de comprometedor deveria existir entre eles. Puro delírio, só podia estar com ciúmes de Ângelo. A verdade é que sentia saudades do Clemente de Barcelona.

Na véspera de partir, Miriam resolveu sair por conta própria. Queria perambular pelas ruas de Ipanema, tomar sorvete de manga, comprar um biquíni, ficar sentada olhando o mar no Arpoador. Era o que mais desejava. Adorava a praia, sempre sonhara com aquele momento.

Que pena que estava sozinha sentada na pedra admirando tamanha beleza. Sentiu falta de Clemente. Foi muita pretensão de sua parte pensar em tamanho absurdo. Uma amizade, tudo não passou de uma simples amizade. Partiria para Barcelona no dia seguinte. Teria muito que fazer quando chegasse. O emprego a esperava. Afinal, morava numa cidade maravilhosa. O sorvete já tinha terminado e a noite vinha chegando. Prometera jantar com Clemente. Os pensamentos lhe chegavam aos borbotões. Que pena ter que ir embora, mas precisava voltar.

Clemente, que fora ao escritório do pai se despedir e pegar seus documentos, mal sabia que, bem perto de onde se encontrava, passaria Marion no seu possante New Beetle amarelinho. O coração de Clemente quase disparou, aquela vagabunda tinha que aparecer logo agora? Sua cabeça dava voltas, sentiu uma vontade imensa de ir ao seu encontro. O desejo era mais forte que as promessas que fizera ao pai. Bastava pegar o celular e ligar para ela, que tudo estaria resolvido.

— Marion, meu amor, cheguei. Estou louco de saudades. Quero te ver agora, senão vou explodir de tanto desejo, de tanto amor.

— Covarde, não ouse me falar desse jeito. Há mais de dez dias que você não me dá notícias. Já soube que está na coleirinha do papai. Estou indo para casa. Se não aparecer dentro de dez minutos, desapareça para sempre da minha vida. A fila anda, pergunta ao teu amigo.

Clemente, desesperado, pegou o primeiro táxi que apareceu. Estava muito nervoso para dirigir. Tocou a campainha e, quando já desistia, Marion abriu a porta, quase nua, usando um robe transparente, bem provocativo, digno de uma mulher de sua categoria. Clemente não teve tempo nem de suspirar, foi logo agarrando, beijando, abraçando Marion e, quase sem fôlego, a levou para o quarto.

— Como passou pela sua cabecinha que tinha te esquecido, meu amor? Quisera uma das musas de Picasso ter peitinhos mais lindos e empinadinhos que os teus. Eu não te troco por nada desse mundo, você é a minha vida, meu amor.

E, assim, o pobre Clemente, completamente inebriado pelos encantos dessa mulher, esqueceu tudo que havia prometido ao pai. Quando se deu conta, telefonou para Ângelo e pediu que fosse até o apartamento de Miriam e a levasse para jantar. Depois lhe explicaria o motivo.

— Ângelo, faça tudo com classe, escolha um bom restaurante e ponha tudo na minha conta. Não se esqueça de mandar-lhe umas flores em meu nome. Amanhã, quando eu for buscá-la para o aeroporto, lhe pedirei mil desculpas

Ângelo dava pulos de alegria. Tudo mudou. Clemente não partiria mais com Miriam para Barcelona.

O parasita ultimamente andava cabisbaixo só de pensar que perderia todas as mordomias que Clemente lhe proporcionava.

Quando Ângelo apareceu para levar Miriam para o restaurante, a decepção da moça foi imensa. Por que Clemente fizera isso com ela? Educada, não deu a perceber a Ângelo sua decepção; muito pelo contrário, convidou-o para entrar, bateu um papinho, agradeceu o convite, mas pediu-lhe mil desculpas, não poderia aceitar o convite, ainda estava com a mala por fazer. Despediu-se com toda cortesia e disse que não se esquecesse de procurá-la se fosse um dia a Barcelona.

Decepcionadíssima com o fato de não ter conseguido conquistar Clemente, contentou-se com a vinda ao Rio.

Marion andava espantada com o comportamento de Clemente. O que estaria acontecendo? Agora Clemente não faltava ao trabalho como antes, tinha se afastado das baladas, para desespero de Ângelo. Preferia ficar em casa. Aquelas extravagâncias, as flores que abarrotavam seu apartamento com bilhetes apaixonados, foram desaparecendo. Era outro Clemente que surgia. Marion já não sabia o que fazer. Será que preferia o outro Clemente? Ela também, sem sentir, começou a mudar. Até as roupas extravagantes, sensuais, decotadas, desapareceram. Marion continuava linda, sem precisar abusar da maquiagem nem das roupas malucas que costumava usar. Passou a ver Clemente de outra maneira. Gostava de escutá-lo contar as histórias de Barcelona e das promessas de levá-la com ele na próxima viagem. Mas, para isso, teria que estudar, para não se sentir perdida como ele, que, graças a Miriam, foi aprendendo e desenvolvendo o seu gosto pelas artes. Clemente perguntou a Marion se queria acompanhá-lo a umas aulas que estava fazendo com um professor do Parque Lage. As aulas seriam em sua casa, em Botafogo. Marion não titubeou, ficou encantada com o convite. Logo em seguida, o professor chegou à conclusão de que os dois sabiam muito pouco e tinham de partir do zero. Para sua surpresa, os dois tornaram-se ótimos alunos, interessadíssimos; tomavam nota de tudo que o professor dizia. Marion era a mais aplicada e levava um grande jeito para o desenho. Clemente logo comprou os melhores livros de arte que encontrou no mercado. O professor aconselhou Marion a ter aulas de desenho no Parque Lage, conhecia um professor que poderia ajudá-la. Marion não quis saber de outra coisa, logo no dia seguinte apareceu no Parque Lage para fazer sua matrícula com o famoso professor Caruso, que a recebeu de braços abertos. E, com a lista do professor, comprou todo o material na lojinha que havia ali mesmo no parque. Estava encantada. Adorava chegar cedinho e tomar seu café no bar da Marilena. Esperava a aula começar sentada na varanda, admirando aquela natureza a que nunca antes prestara atenção. Morava tão perto do Jardim Botânico e nunca passara pela sua cabeça dar uma volta por lá.

O desempenho de Marion era extraordinário, tinha uma facilidade imensa para desenhar e jogar com as cores. Clemente exultava em ver a namorada empenhada em se tornar uma artista. Marion foi mudando sua maneira de viver, de vestir. E tudo isso acontecia com muita naturalidade. Sem se dar conta, foi se distanciando de Clemente, recusando seus programas, fazendo novas amizades. Agora estava absorvida pela arte que desenvolvia e ganhava um ritmo, um caminho.

Clemente foi se dedicando à firma do pai, interessando-se pelos negócios e adquirindo a confiança dos novos sócios. Às vezes pensava em Miriam e no que andaria fazendo. Nunca mais se falaram. Teria sido ingrato com ela? Tudo andava tão bem até Marion aparecer dirigindo.... Aquela paixão o deixou derrotado. Mas agora Marion só queria saber do Parque Lage e dos amigos que fizera por lá. Clemente sofria com o desinteresse da namorada. Ela despontava para o mundo das artes, já fazia parte da nova exposição coletiva dos alunos do professor Caruso. Seus quadros passaram a ser disputados, isso era incrível. Só mesmo no Brasil é que acontecem essas coisas, logo viraram notícia de jornal. De uma hora para outra surgiu um fenômeno nas artes brasileiras.

Clemente, homem de negócios, tomara a frente da companhia do pai, viajava muito para o Oriente e mal tinha tempo de pensar em namorar. Só desejava ficar cada vez mais rico. Raramente via Marion, tornara-se um colecionador de seus trabalhos, e só não compreendia como fora possível ter trocado Miriam por ela. Só mesmo um louco como ele poderia estar apaixonado por Marion, que na época só representava sexo e nada mais. Não teve ninguém para abrir-lhe os olhos, para explicar o mal das paixões e de como elas são avassaladoras e passageiras. Agora era tarde, Miriam já estava feita e refeita, sabia de toda sua vida por uma amiga que trabalha numa filial de Barcelona. Nunca teve coragem de procurá-la quando voltou à Espanha. Chegou a sentir uma dor no peito, na alma, quando reviu os lugares por onde passara com ela. Aquilo, sim, fora um sentimento verdadeiro. Ela teria sido para ele uma companheira perfeita.

Marion foi ficando importantíssima. Nem ela mesma imaginaria tamanho boom, tamanho sucesso. Logo foi se desligando do pessoal do Parque Lage. Agora só frequentava os colecionadores. Sua presença nos vernissages era rara; caso o expositor fosse algum Antonio Dias, Varejão, Tunga, ela se daria ao luxo de comparecer. Não demorou muito para ser apresentada ao pessoal da Sotheby's. Foi então que ela deslanchou realmente. Calculista, convidou-os para um almoço na sua cobertura. Deixou os gringos deslumbrados com a vista que dominava todo o parque do Jardim Botânico. Marion sabia fazer as coisas: foi muita caipirinha gostosa, acarajés feitos por uma baiana fantástica conhecida do garçom. Aquele ambiente paradisíaco deixou os convidados enlouquecidos. Foi só depois de muita comilança que os levou ao seu ateliê. O ateliê de Marion ocupava todo um andar, as paredes e o chão brilhavam, pareciam pintados de verniz branco.

Uma mesa enorme, cercada por estantes, com rodas giratórias, que podiam circular levando tintas, pincéis dos tamanhos mais variados, que chegavam à sua mão apenas com um toque.

Santo Deus, era tudo que um pintor podia desejar na vida: organização, quantidade variada de tintas, poder misturar tudo aquilo, sujar, lambuzar os pincéis, desorganizar e criar sua obra de arte.

Uma criatura de muita sorte. Sua arte, puramente decorativa, disputada, já chegava ao exterior, fazendo parte de leilões importantes. Colecionadores americanos passaram a comprar seus quadros a metro.

Riquíssima, havia se tornado fria, calculista. Continuava linda, sensual, mas sua carreira, sua suposta arte, ficava em primeiro lugar.

Raramente via Clemente, que passara de amante a amigo, conselheiro de suas finanças.

Agora, ela podia dar-se ao luxo de se presentear, não dependia mais dos homens que conhecera. Fazia a vendedora da loja de joias ir à sua casa, a famosa Varjadian, especializada em art déco, e escolhia os brincos mais caros e bonitos que a vendedora trazia, pelo simples prazer de usá-los em casa.

Uma coisa Marion nunca havia compreendido — a mudança radical de Clemente ao voltar de Barcelona.

* * *

Um dia, chamou sua secretária, que chegava sempre depois das dez da manhã, e lhe disse que queria fazer uma exposição em Barcelona. Sua galeria, a Damian, era a mais importante do Rio. Seu marchand, muito relacionado no mundo das artes, se encarregaria de tudo.

Queria descobrir os mistérios de Barcelona.

Passou a trabalhar como uma louca. Um frenesi, uma necessidade de se superar, criar novas formas, cores, linhas, principalmente linhas misturadas com bolas, flores geométricas eram rabiscadas em dezenas de papéis onde procurava uma nova inspiração. Ao acordar, rasgava tudo que havia produzido até altas horas da noite, era isso que fazia invariavelmente. Nada a satisfazia. Já não dormia no quarto havia semanas, trancada no seu ateliê sem falar com ninguém. Sofria sentindo sua falta de inspiração.

Resolveu sair do cubo imaginário e convidar Clemente para tomar uns drinques. O amigo aceitou, mas estranhou esse convite feito às pressas, quase como um pedido de ajuda. Às seis em ponto se apresentou na cobertura de Marion. Lembrou-se daquela Marion que lhe abria a porta de penhoar transparente, quase nua. Encontrou-a esperando por ele na sua varanda cercada de verde, admirando aquela vista que era tudo para ela. Não foi no Parque Lage que descobriu tamanha beleza?

Clemente ao chegar pegou-a nos braços e carinhosamente perguntou:

— Diga, minha querida, o que está acontecendo? Eu te conheço. Há tempos que você não me convida para nada. Esqueceu o amigo completamente.

— Que é isso, Clemente, estava com saudade, saudade dos bons tempos. Imagina que sinto falta até do meu New Beetle.

— Marion, deixa de história, você deve estar apaixonada.

— Quisera estar apaixonada, nada disso. Não estou conseguindo pintar, tudo que faço estou achando um horror, minha criatividade evaporou, estou com uma exposição marcada, e não consigo fazer nada. Minha criatividade brochou. O tempo está correndo e tudo que me vem à cabeça é você chegando de Barcelona completamente mudado, um outro Clemente. Quero conhecer tua Barcelona, mas quero chegar por lá abafando, levando uma grande exposição; e, ainda mais, quero ter como convidada de honra tua amiga Miriam.

Clemente, que nunca mais soubera de Miriam, ficou espantado com a lembrança de Marion. Que ideia se lembrar de Miriam nessa altura da vida. Ela, que nunca havia falado da sua amiga quando estavam namorando, e apareceu agora com essa história.

Clemente procurava não pensar em Miriam. Agora Marion vinha com essas conversas, e, o pior, revivendo suas lembranças. Devia estar delirando.

— Vamos mudar de assunto, você já sabe que Miriam está casada, com duas filhas. Quero ver teus quadros. Vamos para o ateliê.

Andando abraçados como bons amigos, foram ver os quadros.

A cobertura de Marion era enorme, muito bem decorada, estilo extremamente clean para o gosto de Clemente. Andava sentindo Marion extremamente nervosa, ficou apavorado, pensando que tivesse voltado às drogas.

— Gostei do seu trabalho, parabéns, está inspirada, boa fase, mas tem que tirar da cabeça essa história de fazer exposição em Barcelona. O país está atravessando uma crise enorme, não será a melhor ocasião fazer uma exposição neste momento.

93

Essa história de Barcelona mexeu com a sua cabeça. Ele, que já tinha esquecido Miriam, agora só pensava em como teria sido feliz se não tivesse encontrado Marion naquele exato momento. Uma lástima. Sentiu um desejo enorme de revê-la. Silvia, sua secretária em Barcelona, sempre mandava notícias de Miriam. Sabia que não era nada saudável alimentar ilusões a seu respeito. Miriam, mulher casada, feliz, com duas lindas filhas. Mas, mesmo assim, sentiu um desejo enorme de tomar o primeiro avião para Madri e de lá seguir para Barcelona. Gostava de sonhar: telefonaria para a empresa em que Miriam trabalhava e pediria uma guia que, naturalmente, seria ela mesma. Loucura. Estava imaginando o impossível. Logo agora quando tinha que enfrentar e resolver esse novo problema de Marion. Amanhã, sem falta, chamaria por telefone seu marchand. Ele teria que lhe explicar o que Marion estava aprontando. Agora que ficara limpa, seguindo o tratamento rigorosamente, voltava a falar de Barcelona. A droga tinha deixado sequelas, às vezes pensava que ainda estavam juntos. Ficara com essa mania depois do tratamento. Não queria aceitar que fora ela mesma que terminara o romance.

Marion o sufocava. Mas tinha remorsos quando não a procurava, sabia que era muito só, que não tinha mais ninguém nesse mundo. Ângelo fora um canalha, havia facilitado a entrada de Marion no mundo das drogas. Encontrou uma maneira fácil de ganhar dinheiro à sua custa. Clemente, quando soube da verdade, ameaçou colocá-lo atrás das grades; apavorado, sumiu do círculo que frequentava. O mau elemento era mesmo sortudo, estava se dando bem, encontrara uma americana rica, que o adotara.

— Marion, você só vive enfurnada dentro desse apartamento. Por que não vamos jantar num desses charmosos restaurantes aqui na Pacheco Leão? Marion animou-se, mas antes precisava se arrumar, estava se sentindo um bagulho. Havia quanto tempo Clemente não a convidava para sair. Até estranhou. Depois que caíra nessa roda--viva de artistas, críticos de arte, Clemente e ela se distanciaram.

Algo de estranho estava acontecendo ultimamente, dera para ter depressões, ela que nunca fora disso, mas, depois que começara a pintar, a vender, marchands procurando-a, a coisa foi ficando preta. Foi sentindo uma responsabilidade que não conhecia. Era livre, sempre fazia o que queria, tinha os caras que desejava, e dinheiro nunca lhe faltara. Mas agora era diferente, o gerente do banco procurando-a com várias ofertas de aplicação, felizmente entregara tudo para Clemente, que sabia organizar suas finanças.

E sua secretária cuidava das outras responsabilidades: apresentar exposições com dias marcados, viagens, entrevistas. Uma loucura. Sentia que não estava dando conta dessas obrigações. Mas aquela alegria já não existia. Ia dormir todas as noites depois de tomar vários comprimidos e sempre pensando no que faria no dia seguinte, se teria imaginação para bolar outro quadro. A cabeça girava, sentia um medo terrível de perder aquela vontade de pintar. E agora colocara Barcelona na cabeça. Sentia um desejo de reconquistar Clemente, que era a única pessoa em quem podia confiar. Aquele Ângelo fora uma perdição na sua vida. Sentia-se livre das drogas, só morria de medo quando alguém se aproximava oferecendo-lhe um barato. Sabia que ainda corria perigo. Aquela gente com quem se relacionava, os lugares que frequentava por obrigação, impostos pelo marchand, não eram confiáveis. Sentia falta da boemia, dos amigos do barzinho, todos loucos, isso era verdade, mas neles podia confiar. Era gente como ela. Tinha vontade de dar um basta nessa vida e voltar a ser a Marion de antes. Já ganhara o suficiente para viver com tranquilidade. Mas tinha medo de sentir falta de toda essa parafernália que a cercava, desse mundo demoníaco que já tomara conta de sua vida. Nessas horas tinha vontade de telefonar para Ângelo, ele sempre dava um jeito de acalmá-la.

Coitada, Marion estava péssima. Clemente notara logo ao vê-la na varanda, agitada, falando em Barcelona.

Estranho, como a vida deles mudara depois que chegara de Barcelona. Nunca havia parado para pensar nessa coincidência. Teria sido Miriam que influenciara? Agora estava realizado, mas só. Marion tornara-se uma artista famosa e até o infeliz do mau-caráter do Ângelo encontrara um encosto seguro.

Teriam sido os fluidos de Miriam?

E a felicidade?

Eles não a encontraram.

Pensava em Miriam com frequência, ela partira magoada. Como fora possível tratá-la daquela maneira? Imperdoável. Marion aparecera naquele exato momento em que estava saindo ao encontro de Miriam, e tudo desandou.

Enquanto Marion se preparava, os pensamentos de Clemente flutuavam.

Finalmente a diva Marion deu o ar de sua graça, estava linda com os cabelos esvoaçantes.

Como gostaria de voltar a desejá-la.

Atrás das montanhas

Morei em Bucareste oito anos. Sempre me vêm à memória momentos que passei por lá. O meu quarto azul, cortinas, colchas, almofadas, tudo azul; um azul-claro com florezinhas miúdas, brancas, estilo provençal. Repousante. Os meus tapetes mais bonitos, de oração, eu os coloquei no quarto; quando chegava, era ali que me refugiava. Simba, meu cachorro poodle que veio comigo do Quênia, me seguia e juntos nos jogávamos na cama. Revistas chegadas de Genebra, correspondência, livros, cartas para escrever, a BBC presente, era só apertar um botão para estar conectada às notícias que aconteciam no mundo. Aquela janela redonda que chamam de *bay window* foi meu refúgio durante muitas noites. Quando perdia o sono, me levantava, abria uma fresta da cortina e ficava olhando aqueles telhados de ardósia, acinzentados, que escondiam segredos. Gostava de ver a neve caindo. A rua imaculada, branca, os flocos batendo na minha janela me deixavam hipnotizada. Tão bonito, que nem pensava na minha tristeza.

O passado me veio com o filme *Além das montanhas*. Sabia que a história se passava na Romênia, mas nunca pensei que sairia de lá tão abalada. Aquelas pás com que as freirinhas limpavam a neve, perdidas nas montanhas, me deram um nó no coração. Cansei de ver aqueles ciganos limpando as ruas de Bucareste. Quando passava motorizada, aquela gente estava sempre presente aos meus olhos. Mal agasalhados, era praticamente o único trabalho que o governo lhes permitia. Povo marginalizado. As mulheres, ao menos, podiam varrer as ruas e vender flores nas esquinas. Hoje, quando leio no jornal que ciganos foram expulsos de Paris, mandados de volta para as suas terras, logo me vêm à memória os ciganos de Bucareste.

A neve caindo, a paisagem branca tomando conta da minha rua. Não me sai da memória. Foi como se a tristeza que não sentira naquele momento quisesse apossar-se do meu corpo. Seria uma vingança tardia, aqueles ciganos achavam que eu não me importava com eles. Não era bem assim; se eu não tinha forças nem para aguentar os meus problemas, como poderia ainda agregar os problemas daquela gente? E, mesmo se quisesse, não seria possível.

Logo reconheci o Monastério das freirinhas. Costumávamos fazer piqueniques bem perto daquelas redondezas. Olhávamos para tudo aquilo tão pitoresco, bucólico, aquelas montanhas arredondadas, verdejantes, era o ideal para o nosso refúgio diplomático. Escolhíamos o melhor local para jogar as mantas e começávamos um novo piquenique. Era assim que passávamos os nossos fins de semana, descobrindo lugares pitorescos em volta de Bucareste.

Os preparativos para a festa de casamento de Milena estavam deixando todos os habitantes da casa do Boulevard do Dacia alvoroçados. Os serviçais pendurados em escadas gigantes limpavam as inúmeras janelas do palacete, outros esfregavam os mármores das escadarias, os metais das portas brilhavam, tudo era comandado por Igor. Todos tremiam com a sua presença; lá estava ele com um bastão na mão andando de um lado para outro, dando ordens, gritando, não deixando ninguém descansar. Um tirano. Na cozinha, pareciam formigas, um grande chef chegara da França para preparar o banquete do casamento. O bolo não parava de ganhar camadas e andares, os convidados ficariam extasiados com as belezas que o grande mestre estava preparando. Madame Hortência, com sua equipe de costureiras, fazia os últimos retoques nos vestidos das damas de honra. O da noiva, pendurado no manequim, aguardava Milena para uma última prova. Um silêncio misterioso pairava na sala das costureiras. De vez em quando se escutavam cochichos sufocados. Naquela sala alguém estava sabendo alguma coisa muito secreta. Os Pollinescus, família conhecidíssima por sua fortuna e bons relacionamentos com a corte, esperavam a presença do Rei. Uma sala fora escolhida para exibir os presentes que os noivos receberam. Uma belíssima vitrine bem rococó exibia as joias que Milena ganhara, várias peças de Fabergé que se destacavam entre as joias recebidas — tudo isso muito bem vigiado pelos empregados mais antigos do palacete. Os ciganos chegavam com cestos carregados de flores, traziam a primavera que já despontara nos campos. As guirlandas já desciam pelas escadarias e, por último, fariam o buquê de Milena. Os músicos afinavam os instrumentos, aquele murmurinho de tons e semitons que ecoavam pelas paredes espessas do palacete. Todos bem-vestidos, escolhidos a dedo, altos e bonitos. Dariam um tom elegante à festa.

Só Milena, abraçada com os travesseiros, escondida entre os véus e rendas que caíam do alto da sua cama de dossel, se debulhava em lágrimas.

E assim terminou meu sonho que se passava no Boulevard do Dacia. De manhã os ciganos já teriam limpado a nossa rua e meus programas me esperavam. Teria que receber pela manhã a visita diplomática da nova embaixatriz da Bulgária. Depois preencheria minha vida: uma tarde de bridge com as amigas. Voltaria cedo, a preparar-me para mais um jantar, igualzinho a tantos outros que já tivera naquele mês. Minha cama me esperava. Mas o espetáculo da janela daquela noite já tinha sido suficiente.

Impressionante como um filme passado naquela Romênia desenterrou dias vividos naquela cidade.

Norato

Norato, diga por favor, você gosta de mim?
Responde, Norato.
Não posso suportar te ver andando por aí, atrás das
[meninas-moças.
Já me entreguei, sou tua, teu cheiro habita minha carne.
Por favor, responde, Norato.
O coitado andava afoito, olhando as horas, o tempo passar.
A pele seca esperava.
Norato tinha que correr e chegar antes de o galo cantar.
Aflito, olhava Maria.
O que dizer?
Contar que era filho de cobra?
"Corre, Maria", pensava Norato, "vai à beira do rio,
[dá leite na boca da cobra, e depois bate, bate na
[malvada pra valer."
E, quando o sangue da cabeça jorrar, só assim Norato
[estará livre para te amar, livre para encantar
[as moças.

Coragem não tenho, Norato, lá fui três vezes e
[de lá voltei.
Na ribeira, encontrei Narciso, o marinheiro
[apaixonado, que tentou me abraçar.
Neguei, mas, em troca, se matasse a cobra, seria dele.
Aceitou, mas impôs condição: eu embarcaria com
[ele sem rumo nem volta.
Norato, por ti tudo farei.
A essa hora, Narciso já matou a cobra.
És livre, dono de tua vida, livre do feitiço.
Chorando, apaixonada, Maria abraça Norato que
[a beija prometendo amor eterno.
Narciso, impaciente, aguarda Maria na ribeira, e juntos
[partem sem rumo nem volta.
Norato, curioso, corre, vai à ribeira. Ao ver a cobra
[estendida morta, sem vida, se sente
[abandonado.
Desesperado, chora, se lamenta abraçado à cobra.
Retalha, corta, faz vestes e se cobre com as peles
[da maldita.
Parte à procura de outras terras. À procura de moças
[bonitas.
Esquece Maria, que vaga triste, ainda apaixonada,
[perdida, sem rumo. Nem volta, levada
[por Narciso.
Mas o que não sabe Norato é que filhos seus nascerão
[cobras.
Assim, a tal cobra Norato se perpetuará para sempre
[nas margens da ribeira.

A ideia do Astro maior

O Astro maior sempre andara meio fora de órbita e meio sem saber o que fazer. Já havia criado as estrelas e todas as constelações do Universo, mas nada disso o satisfazia. O pior era que os buracos negros se tornavam cada vez mais ameaçadores, abrindo crateras no Universo, engolindo suas estrelas. Desesperado, foi conversar com sua primeira criação, o Sol. Queria trocar ideias e chegaram à conclusão de que o Universo estava se desequilibrando e, se não agisse rapidamente, todo o esforço que fizera seria devorado pelas crateras negras. O Astro maior escutou as observações do Sol e voltou para casa atordoado. Resolveu então que precisava de uma segunda opinião, foi procurar sua amiga, a Lua, que andava ultimamente meio arredia. Muito sensata, mas extremamente vaidosa, a Lua gostava de ser admirada, e ele, sabendo disso (pois fora o próprio Astro maior que lhe dera vida, beleza, qualidades e defeitos), foi procurá-la com elogios. Disse-lhe que a achava linda quando estava toda cheia, com as estrelas em volta. Depois de muita conversa fiada, Astro maior finalmente tocou no assunto, repetiu as observações do Sol e a Lua concordou plenamente. Conversaram muito e chegaram à mesma conclusão: o Astro maior precisava criar algo que povoasse o Universo gerando equilíbrio.

O Astro maior teve a ideia de criar planetas. A Lua, muito vaidosa, pediu que ele criasse um planeta só para ela. Um planeta no qual ela poderia ser vista e muito admirada. A Lua pecava pela vaidade e tudo isso era culpa dele, que a elogiava tanto. Sentia-se dona do Universo.

O Astro maior voltou para casa pensativo, apoiou a cabeça numa estrela que o acolheu carinhosamente, esticou as pernas num rabo de cometa e começou a passear no Universo. Teria que criar algo mais lindo do que já fizera; embalado pela imaginação, adormeceu e sonhou. O próprio Astro maior estava deslumbrado com tal imaginação e o desenrolar do seu sonho.

Via árvores gigantescas, frondosas, ora soltas, ora agrupadas, cobrindo verdadeiras extensões no seu planeta, povoadas com pássaros dos mais variados tamanhos, cores, que emitiam cantos e trinados embalando seu sonho. Depois começaram a aparecer animais em diferentes áreas das florestas, das savanas e até dos desertos que passeavam amigavelmente na maior harmonia e camaradagem. Os animais iam passando um por um diante do Astro maior, que os ia nomeando: girafa, elefante, hipopótamo, e era tanto bicho que o Astro maior achou que não fosse mais acordar.

Depois apareceram os oceanos dividindo a Terra, com uma água salgada, límpida, cheia de ondas e marolas que se jogavam numa areia branca formando praias intermináveis. Os peixes e os corais de todas as cores vieram dar vida, beleza e colorido aos mares do planeta, e as pérolas cresciam dentro das conchas enriquecendo o tesouro do fundo do mar. Os cavalos-marinhos brincavam, balançando os rabinhos de um lado para o outro. Era muita alegria enfeitando o sonho do Astro dos Astros, que resolveu acordar para dar vida a toda aquela beleza. Num rasgo de euforia segurou duas estrelas, foi dando forma, soprando bem forte, beijou-as, acariciou-as e as jogou no espaço para que dessem vida ao seu sonho. E o planeta Terra se formou. O Sol e a Lua ficaram extasiados. O Sol iluminando o planeta, trazendo vida, calor e a noite, onde a Lua reinava irradiando sua beleza!

O Astro dos Astros desejou ser um terrestre e foi passear no seu planeta Terra. Andou pelas florestas, admirou as araras, os tucanos, achou graça nos papagaios falantes, nas savanas, sentou-se à sombra de uma árvore, para ver os seus bichos correrem de um lado para outro, vagou pelos desertos no dorso de um camelo, sentiu o frio das geleiras e brincou com os ursos-polares. Foi molhar os pés no mar e escutar o canto das baleias.

Apenas o Astro dos Astros conhecia o passado, o presente e o futuro do seu Universo, mas, quando vislumbrou o futuro do planeta, deu um urro tão forte, criando relâmpagos, trovões, raios de fogo que caíram sobre a Terra. E suas lágrimas eram tantas, que criaram rios de água doce, imensos, cortando florestas, descendo pelas montanhas, atravessando os vales e se lançando no mar. As trovoadas e os raios trouxeram nuvens, e uma chuva muito forte caiu sobre o planeta Terra. O Astro dos Astros se torcia de dor, sentiu uma vontade imensa de destruir toda a sua criação, mas não era mais possível, a evolução das espécies começava a surgir. E o homem a se levantar, a andar, já trazendo em si o sentimento predador. O desejo das crateras negras em destruir suas estrelas estava presente no homem que acabara de se fazer, mas também não lhe daria trégua enquanto não parasse de destruí-la.

Enquanto isso, o planeta Terra, vendo o sofrimento do seu criador, revoltou-se, jorrando fogo de suas crateras, surgindo ondas imensas no mar, e a Terra tremeu e sacudiu o planeta.

O Mestre dos Mestres acalmou a natureza e pediu que ficasse atenta contra as maldades do homem, que se defendesse e se vingasse contra aqueles que quisessem destruí-la.

Foi embora triste, quase arrependido de ter concretizado o seu sonho, mas, no caminho de volta para o seio de suas estrelas, viu passar diante dele cavalgadas de homens bons, de heróis, de profetas, que passariam pelo planeta tentando salvar o homem.

Só mesmo com muito amor conseguiriam. Voltou resignado com a trajetória do homem pelo seu Universo.

Sirmione

Sirmione, uma pequena cidade no lago de Garda, foi onde tivemos a sorte de alugar uma belíssima casa indicada pelo cônsul da França. A deles era muito melhor que a nossa, ficava de frente e tinha uma vista colossal. A nossa ficava na entrada desta grande propriedade. Alugamos somente por um mês, enquanto eles e o cônsul da Bélgica alugavam por todo o ano. Meu marido, como não estava de férias, passava conosco e Alzira, nossa empregada, somente os fins de semana. Nossa casa ficava no topo da montanha e já fazia frio nessa época. Eu cozinhava para os meninos: fazia hambúrguer e todos ficavam olhando a minha bravura. Os filhos dos franceses, meninos adoráveis, se dependuravam na janela curiosos para conhecer nossos hábitos e o que fazíamos para passar o tempo. Sempre os convidávamos para entrar. Não tínhamos televisão, mas levamos um rádio, que nos divertia bastante. Gostávamos de dançar e ouvir música italiana. Hoje não consigo imaginar como se podia passar sem televisão.

Mas nos divertíamos mesmo era com Argos, nosso cocker spaniel, que nos foi dado por Ramosa, grande artista brasileiro que vivia em Milão havia anos. Veio com nossos pracinhas e lá ficou. Fez amizade com Pomodoro, artista já consagrado, que orientou Ramosa em sua pintura e nos objetos de acrílico belíssimos que ele criava.

Argos era um cachorro muito meigo e se tornou a grande alegria da família. Tínhamos horror a pensar que um dia o dono do Argos pudesse aparecer. Ramosa encontrou esse belíssimo cachorro vagando, perdido, perto do sítio de Pomodoro. Sabendo que gostávamos muito de cachorros, nos telefonou e imediatamente aceitamos o presente e o batizamos antes mesmo de o conhecer de Argos, cachorro de Ulisses.

Argos também ficava olhando a preparação dos hambúrgueres, querendo ganhar alguma coisa. Depois, jogávamos cartas, líamos e passeávamos bastante com Argos, que adorava correr pelos campos. Logo, os meninos franceses se juntaram a nós e acabamos também amigos do cônsul da Bélgica, que tinha um filho muito simpático que fez amizade com Adriana, minha filha.

Quando ficávamos sem comida, telefonávamos para um pequeno restaurante em Sirmione e eles mandavam os nossos quitutes pelo motorista do ônibus. Ficávamos no ponto estabelecido esperando, pagávamos e voltávamos com o nosso jantar para casa.

Tudo era muito divertido. Só não foi o dia que perdemos Argos. Chovia e por mais que chamássemos o seu nome ele não aparecia. Saímos desarvorados na chuva procurando por todos os lugares em que costumávamos passear. Nisso, vejo um cachorro todo lambido que, por incrível que pareça, achei não ser o meu Argos, pois estava irreconhecível. Ele tinha um pelo felpudo caramelo, com um tufo clarinho na cabeça. Mas quando olhei sua coleira, com a medalha que mandamos fazer com o endereço do Garzon 10 — nossa casa no Rio de Janeiro; coisa de loucos, pois morávamos em Milão —, demos um grito de alegria e fomos para casa secar o pobrezinho. Nós amávamos esse cachorro, até para os restaurantes o levávamos. Aos poucos, com tanto amor que encontrou, tornou-se nosso grande amigo. Curtimos muito essa temporada, uma pena que não foi possível conhecer melhor a cidade de Sirmione, que é uma pérola na Itália. No verão, os turistas invadem a cidade sendo quase impossível andar pelas ruelas. Quando Veras, meu marido, veio nos buscar, voltamos tristíssimos para Milão.

* * *

Passaram-se anos e, já de volta ao Brasil, um dia lendo o jornal nos deparamos com a tragédia do cônsul francês. Não foi possível acreditar que aquele homem tão calmo, discreto, amoroso com sua família, tenha matado seus três filhos e sua mulher a tiros. Dizia o jornal que ele foi ficando cada vez mais perturbado porque não recebia uma promoção para cônsul de primeira (embaixador) e foi entrando numa forte depressão, não aceitando os postos inferiores que lhe ofereciam. Já de volta a Paris, um dia depois do trabalho, completamente desiludido, entrou em casa e matou toda a família. A sogra, que morava em outro andar, no mesmo edifício, escapou por minutos. Desesperado, ele correu para a rua tentando se matar, mas infelizmente não conseguiu, foi medicado a tempo.

Ficamos sem saber o que dizer para os nossos filhos. Não era possível acreditar no que estava acontecendo. Aquele homem com uma família tão bonita e feliz, sua mulher tão discreta, recebendo sempre com muita classe todos no consulado, no lugar mais chique de Milão.

Cheguei a uma triste conclusão: a vida dos diplomatas em geral é muito parecida. As promoções, os cargos, as embaixadas, tudo é a mesma coisa, os pistolões valem muito ou então as corriolas, sempre bem fechadas. Tudo sempre resolvido entre eles, os famosos grupinhos.

O pobre francês se deixou levar pelo pessimismo, pela depressão.

Eu bem sei como essa carreira é difícil.

Precisa-se de nervos de aço.

Este livro foi composto na tipologia Minion
Pro Regular, em corpo 11,5/17, e impresso
em papel off-white no Sistema Digital Instant Duplex
da Divisão Gráfica da Distribuidora Record.